失われた時代《とき》を求めて

—ある戦中期の回想—

入谷敏男

元就出版社

まえがき

二十一世紀を迎えたが、私たちが現在なお大きな荷物として背負い込んだのは、二十世紀の前半に国民を動員し、内外に多くの犠牲者を出したあの戦争の問題があると思われる。

とくに日中戦争から太平洋戦争にいたる世界を相手として戦ったあの戦争とは一体何であったのかについて、今日に至るまで国民の間で議論されることはついになかった。

この点、同じ頃同盟を結んで戦争をしたドイツがとった立場、すなわち内外の犠牲者についての賠償と謝罪、そして道義的な責任による清算は、再びヨーロッパ諸国の信頼をあつめ、ドイツは現在ヨーロッパ統合の指導国として活動している。

日本は一旦米国との講和条約を結ぶと、東京裁判の判決をうけ入れ、法律的には戦後処理の問題は決着ずみという立場を固持してきた。

ここにおいて日本の対アジアに対する戦争や侵略、植民地化についての反省や謝罪、すなわち道義的責任に対する清算は、十分に行なわれたとは言い難く、ドイツのように、アジアの諸国から尊敬と信頼をあつめる国には至っていない。

とくに最近におこった日本の歴史教科書のかいざんに対する中国・韓国からの非難と誹謗は、日本とこれらの国々との関係の悪化を、招いてしまった。

国内の戦後改革に目をむけるならば、一九四五年を境とし、戦前にあった日本古来の伝統や美風、文化、そして社会的規範や秩序がすべて否定され失われたかのようにみなされ、米国の占領政策による新しい民主主義国家としての再生が謳われた。

当時、戦後日本の復興には五十年かかると言われたが、わずか十数年足らずのうちに経済は立ち直り、一九七〇年から八〇年にかけて、世界の一、二を競う経済大国にまで成長した。

これはひとえに、戦後に生きのこった人々の献身的な努力に負うていることは疑う余地がないが、同時にまた、あの戦争の時に犠牲者となった多くの人々が礎《いしずえ》となって今日ある日本の姿に立ち戻ることが出来たことも、忘れてはならない。

筆者は、あの頃の時代の人々とほぼ同じ世代に生まれ育ち、そして生き残って仕事が出来る日々を送りながら、あの不幸な戦争のために死を選び、そして闘って死んでいった人々のために何か報いる仕事をしたいと常々考えてきた。それはあの理不尽な戦争のために動員され、死んでいった人々の何かの供養にもなり、あの戦争が前途有望な若い人々を犠牲にして、今日の日本は立ち直り、かつてないほどの繁栄をもたらしたが、これはさきにのべた戦没者の方々の犠牲の礎の上に成り立っていることを、深く噛みしめてみる必要があると思われたからである。

いつの、そしていかなる戦争においてもそうだが、そこでは多くの国民が動員され、多くの死者と負傷者を出す。まさに生と死の瀬戸際に立たされ、多くの人々は犠牲者となり、他の人々は生きのこる。

そういった人々の数を数字で表わしたり、またそれらの人々が書きのこした遺書、(たとえば「きけわだつみの声」上下　一九六三年　光文社は、今なお深く訴えるものをもっている)を一通り読み直しただけでは、これらの人々が、どのようにしてあの悲惨な戦争の時代に巻き込まれ、駆り出され、もだえ苦しみ、そして死んでいったか、それらの実際の体験者だけしか、真相を語りあかすことが出来ないのである。

戦後間もなく、こうした戦時体験をもとにした自叙伝や小説が多く発表されたが、それには、当人が戦争に際して直面し、体験したもののごく一部の局面をのべているにすぎず、あの当時の時代的背景や雰囲気、そしてさまざまな事態に直面し、筆舌ではとうてい言い表わすことが出来ないような凄惨な事件やその残酷さを把《と》えることには、無理があるように思われる。

また同時代に生きた生存者や、死者の残した資料を集めたり、聞き書きをすることは不可能ではないにしても、中には自己弁護をする人や、口をこばむ人も相当数に上り、これは非常な困難を伴う作業であり、その中から客観的な事実をとり出して一冊の本にまとめ挙げ、日常生活の動きや流れ、そしてそれらをとり巻いていた時代的背景を写し出すにはかなりの無理があると思われる。

それよりも、当時を生きた仮定上の主人公を設定することによって、かれら、あるいはかれらをとり巻いた人々が、あの戦争という時代をどのように語り、いかにして生き、そして死んでいったかを、当時のこされた資料を渉猟し、また当時の体験による記憶を通して時代の雰囲気を浮かび上がらせ、この二つを統合して把えてみることが、とくにあの太平洋戦争の時期を把える方法として、「当たらずと言えども遠からず」の手法になるのではないかと考えた。

ここに登場するのは、現在生きていれば七十五歳前後の年齢にある人たちで、主人公は、昭和十五年から二十年の終戦の間近かまでを、都下の高等女学校で過ごし、多感な青年期を過ごした人々である。

一人は、元陸軍大臣・大将の娘で、将来を嘱望されていたピアニスト、もう一人は学者の家に育った文学少女で、将来は小説家になることを希望していたが、二人は昭和十五年という、日本が太平洋戦争に向かう旋回点におかれた時期に、東京山の手の一高等女学校で邂逅し、地理的な関係もあって家族ぐるみのつき合いとなり、一人は学徒動員にとられ、戦争が終わるわずか二ヶ月前に軍需工場で働いているさ中に、B29の直撃弾をうけて死亡する。

もう一人は、体が弱かったため、学徒動員は脱《の》がれたが、二人は戦時下の女学校生活をおくるうちに、互いに親しくなり、人生を語り、文学や音楽について論ずる。

これらの人々や、かれらをとり巻く時代の動きに比較的敏感であった知識階級の人々に、当時の国内の雰囲気を語らせることにより、これと似たようなケースが、日本の至るところで見られたのではないかと思われることを、浮き彫りにしてみたかったのである。

したがって、ここに登場するのは、まったくの仮定の人物であり、すべて仮名である。

もし読者の中にこれと同じ姓名の人が現われたならば、それはまったくの別人であると思っていただきたい。

筆者は、昭和七年（一九三二年）の生まれであるが、当時の時代的雰囲気を多少なりとも経験しており、また筆者が住んでいた東京・世田谷の地区には、多くの軍人（とくに大将・中将級や佐官の陸海軍の軍人）が住んでおり、これらの人々やその子女との多少の交流があったことも、本書を執筆する上に大いに参考になった。

また当時、小学生として軍国主義の教育をうけ、出征兵士の見送りや、神社の参拝、そして空襲体験（幸いにも拙宅は類焼を免がれた）もしており、これらが多少なりとも、当時の雰囲気を、記憶によりよみがえらせることが出来た。

しかし、年上の学生だった方々が経験された「学徒動員」や、軍隊の入隊経験はないので、本書に登場するもう一人の主人公の「予科練入隊」は、高塚篤氏の実際の入隊体験を基にして書かれた「予科練――甲十三期生」（原書房　昭和四十七年）や、神奈川の学徒動員を記録する会編の「学徒動員の記録・戦争の中の少年・少女たち」（株式会社高文研発行一九九九年）、また岡野薫子氏の書かれた「太平洋戦争下の学校生活」（平凡社ライブラリー　二〇〇〇年）なども大いに参考にさせていただいたし、また当時の新聞論調なども参照したが、ここに描き出したのは、あくまで小説の形となっている点を御了承願いたい。

また二人の主人公が生活を共にした府立のK高女とあるのは、現在東京目黒区にある都立駒場高等学校（元府立第三高女）あたりが想像されるが、戦時中の同学校の所在地は、港区の六本木にあり、学校生活や勤労動員の実態を調べたところ、そのような事実がなかったことが判明したが、本書はフィクションの形をとったので、大体良家の子女が集まった東京都下の女学校の一形態だったというふうに御了解願えれば幸いである。

なお男性の主人公で、予科練に入って最後に沖縄戦で神風特攻隊として出撃し体当たりする武は、筆者家の隣りに住んでいた日本中学(明治の思想家杉浦重剛が立てた名門校で、卒業生には吉田茂をはじめ、明治・大正の文士や思想家を輩出しており、現在世田谷の松原町に、日本学園高等学校として存続している)に通っていた数年年上の中学生がおり、戦争がたけなわになるにつれ、海軍に入隊した人で、この方をある程度参考にさせていただいた。

本書の中から、当時の国家主義の思想に駆り立てられ、アジアの侵略を目ざし、無謀としか言いようのなかったあの戦争が、当時の指導者たちによっていかに導かれ、そして一般の国民や、とくに若い人々の夢をうち砕き、家庭を犠牲にし、個人の前途のある未来をつみとってしまったか、そしてこの戦争が現在わが国の国家的、社会的、そして個人的レベルで、今なお落としている暗い影を、多少なりとも汲みとっていただけたら、著者の存外の喜びとするところである。

平成十三年六月

東京・世田谷の寓居にて

著　者

〔附記〕なお、主人公が語った会話や、記述の中でとくに必要と思われる箇所には、引用文献を章末に記して、出所を明らかにした。

失われた時代《とき》を求めて——目次

装幀——純谷祥一

失われた時代《とき》を求めて

——ある戦中期の回想——

第一章——紀元は二千六百年

I

一、金鵄《きんし》輝く日本の　栄《は》えある光　身にうけて　いまこそ祝え　この朝《あした》　紀元は二千六百年　あゝ一億の胸はなる

二、歓喜あふるるこの上を　しっかと我等ふみしめて　はるかに仰ぐ　大御言《おゝみこと》　紀元は二千六百年　あゝ肇国《ちょうこく》の雲青し

三、荒《すさ》ぶる世界に　唯一つ　揺《ゆる》がぬ御代《みよ》に　生立《おいた》ちし　感謝は清き火と燃えて　紀元は二千六百年　あゝ報国の血は勇む

四、潮《うしお》ゆたけき　海原に　桜と富士の影織《お》りて　世紀の文化また新《あらた》　紀元は二千六百年　あゝ燦爛《さんらん》のこの国威

五、正義りんたる旗の下　明朗アジアうち建てん　力と意気を示せ今　紀元は二千六百年　あゝ弥栄《いやさか》の日は上る（増田好生作詞　森義八郎作曲）[1]

こんな歌が昭和十五年の二月ごろからラジオや学校、官庁、その他の公共施設で歌われはじめ、国民の国家主義的高揚熱は高まりつつあった。

昭和十五年の十一月十一日、この年は神武天皇のご即位から数えて二千六百年、また昭和天皇のご即位の年にあたり、昭和十四年の五月は新たに落成した東京新橋の放送会館で二千六百年を祝う特別放送が企画されていた。

この祝賀の年を記念するために、日本政府は当時生存したドイツ、イタリア、フランス、ハンガリーなどの著名な作曲家に管弦楽曲を依頼していた。フランスからはジャッ

ク・イベールの「祝典序曲」、ハンガリーからは、ヴェレッシュ・シャンドールの「交響曲」、イタリアからは、イルデブランド＝ピツェッティーの「交響曲イ長調」、ドイツ・オーストリアからは、リヒァルト・シュトラウスの「祝典音楽」が届けられ、これらが在日外国人、およびわが国の第一線の指揮者によって演奏され、放送された。

昭和十五年十一月十一日は、一点の雲もない日本晴れに恵まれ、宮城外苑には午前十時半から宮中より招待された五万千五百人の参列者が参集した。この祝賀のために、全国から集まった地方の参列者は午前七時半から日比谷公園、大手町角の予備集合地に集合、同八時、係員の指示をうけ、馬場先門の第一受付から式場の所定の位置に着席、ついで各省の参列者が八時半、日比谷口の海軍省関係者を先頭に入場、さいごに光栄の昇殿参列者を加えて全員の入場が終了する。

やがて天皇・皇后両陛下は大勲位副章以下各種勲章を着用、皇后陛下は清楚な洋装で御料車に御同乗、百武侍従長が陪乗、松平宮相、木戸内府、蓮沼侍従武官長、保科女官長、広幡皇后宮大夫以下供奉の略式自動車鹵簿《ろぼ》にて二重橋正門から式場に行幸啓された。

両陛下は近衛首相の御先導により便殿《びんでん》に入御、各皇族殿下と御対面、首相以下に拝謁仰せつけられた。ついで軍楽隊の「君が代」奏楽の後、式殿中央の玉座・御座に座られた。

この後、全員が「君が代」を奉唱、近衛首相が「祝詞」を奏上して東京音楽学校斉唱隊の

「紀元二千六百年頌歌《しょうか》」が斉唱された。[2]

ついで近衛首相が再び御前に参進して万歳を三唱、参列者諸員がこれに唱和し、陸海軍の礼砲が殷々と轟き、この間、国民奉祝の時間として津々浦々に届き、万歳が奉唱された。

式辞の後、両陛下は午前十一時三十分、諸参加者の奉送裡に式場をあとに、還幸啓され、ここに紀元二千六百年式典はとどこおりなく終了した。

この式典は昭和最大の式典とされ、当日は東京を中心とした繁華街では日章旗や軍艦旗が飾られ、市内には花電車が走り、また神宮外苑の競技場では「二千六百年」の人の環ができ、子どもたちの奉祝みこしがくり広げられ、各官公庁や学校、銀行、会社、工場、その他各種団体では奉拝式・祝賀式がとり行なわれ、各家庭には赤飯用のもち米や、祝いの酒や紅白のお菓子が配られた。

またこの夜、銀座には灯の入った奉祝提灯が照り輝き、名物のしだれ柳も生色をとり戻したような明るさとなり、東京駅前から馬場先門付近にかけては、丸ビルをはじめ、窓という窓は煌々とまばゆいばかりに灯がともってお壕に列映する様《さま》は、まさに譬《たと》えようもない壮観さ、これも「百年に一度しか見られない一つ」と新聞は報じた。

ついで十四日の夜半からは、「祝いは終った、さあ働かう」のポスター(大政翼賛会製作)が、街頭や電車内に貼られ、「悠久二千六百年、よくぞ日本に生れける。祝え、元気に、朗らかに」のポスターに切りかえられた。国民は、一夜にして祝賀から勤労へとあわただしく切りかわるように要請されたのであった。

II

このような祝いをよそに、昭和十五年(一九四〇年)という年は、日本の岐路をかえる旋回点の年であったといってよい。国内をみれば、泥沼化した日中戦争がいつ終わるとも見当がつかず、昭和十二年以来の三年間に、内閣は第一次近衛、平沼、阿部、米内、近衛(第二次)と五回もかわり、これは政府と国民とを一体化する強力体制が欠けているためだと批判された。

日中戦争の開始と同時に、昭和十二年の第一次近衛内閣の提唱による国民精神総動員運動が実施され、同年十一月には統制経済を組織化する「国家総動員法」が議会を通過し、軍部が計画した総力戦の体制づくりが着々と固められていたのであった。

昭和十三年には、電力を国家管理にうつす「電力国家管理法」が法定化される。

昭和十五年には、男性の外出着に「国民服」が制定され、女性のパーマネントの禁止、衣類などには、スフ入りのものが出まわり、買ってもすぐ破れてしまい、その修繕は靴屋が修理するなどのチグハグな職業が現われたりした。

同年の四月二十日には、みそ、醤油が配給切符制になり、米飯からうどんやパンに切りかえられた。興亜パンという茶色の黒パンまがいのものが出廻ったのも、この頃であった。

さらに七月七日には、贅沢品(高級織物や指輪など)の禁令が出され(販売禁止は十月七日)、十月二十二日には、国民食(朝は一汁二菜、昼一皿盛り、夜一汁三菜)などの提案がなされ、米と麦、豆、いも類の混食、酒やビールの製造にも制限が加えられた。

昭和十五年当時の生活状況がいかに苦しいものとなりつつあったかは、つぎの二つの投書をみても明らかである。

「朝七時少し過ぎに行ってみると、市電気局加工売場に木炭を買う人の行列が長く続いていた。来る人は皆その行列の後へ後へとつづいた。しばらくすると、どこまでも続きそうな行列が往来の邪魔になるというので、巡査が長い二列を切って四列にしてしまった。一度四列に変えたため、たちまち五列、六列になってしまった。

その列のわきをニッサンとかの大きなトラックが幾台も容赦なく通るので、赤ん坊を負った人や老婆などは大変なものである。行列の人は一生懸命くっつき合っていても、足をすれすれにトラックが通るのだから、赤ん坊の泣き声、母親たちの叫び声で、まったく恐ろしい一時が過ぎた。叫び声をあげたという理由で、一人の婦人が巡査に連れられていった。――切符売り始めの時間は八時半だから、何十分もこのまま待たなければならない。

そのうち時間がきて、一俵ずつ炭俵を背中に背負って帰る人が見出された。切符買い場へ入る道は、一人しか通れないようにしてあるので、十列の人がわれもわれもとそこへおし合う。おし合いが喧嘩腰になったので、炭屋の主人が一段と高い台に登り、『私共は社会奉仕で炭を皆様におわけしているのに、皆様の態度がそんなでは、炭はわけてあげることは出来ません』と怒り出す。最初二列のところへ皆あとへあとへと並んで、おとなしく長い行列をつくっていたのに、巡査が一度列を切ったので、この混雑がはじまったのである（――以下略）」（行列の整理　昭和十五年五月一日　田辺久尾寄）

「――例えばスフの問題です。棉が日本で出来ぬことは存じていますが、そのため値段の高い、弱い、冷たいスフを用いることが本当に国のためなのでしょうか。八十銭も出して朝、子供に履かせた靴下は、夕方にもう破れています。皮の靴、ゴムの靴がないからと、下駄をはかせれば、スフの鼻緒は三日も持ちません。もう貯蓄や節約どころの騒ぎではありません。

こうしてポンポンお金を遣わせて貯蓄させないように丁面なさるのと、棉の輸入を防ぐのと、実際にどちらが国策的なのでしょう。学校へゆく子供は素足でも平気ですが、赤ん坊のものなど、親が泣きたいほどです。この寒空に着物は冷たい、炭はない、マッチがないでしょう。しかし近所には、毎夜風呂の煙をじかに立ち上らせ、純毛純棉で愛児をふくよかに包む賢夫人もいられるのです。一体わたしたちはバカ正直だからひどい目に遭うのでしょうか。お願いです。子供のものだけやめて赤ちゃんの日用品だけ、今少し棉を帰して下さい。

——そのくらいのことは、料理屋や劇場の満員つづきを防ぐお腕があれば、きっと出来るはずです。もちろん、わたしたちは、祖国のためにはどんな苦難にも耐える覚悟でおります。ただ子供には何とかヤミだのウソだのという言葉を憶えせたくありません。そうして悪い人が栄えるということであってもらいたくありません。女は弱し、されど母は強し。どうぞ赤ん坊の悲鳴で皆様の内閣を潰しませんように。輝く二千六百年の春、切にお祈り申し上げます」(十五年一月十九日　愛児の母寄)

川田純子《すみ》の一家が、新宿の下落合の借家から、世田谷の代田二丁目の新築の家に引っ越してきたのは、昭和十五年の十一月の末のことであった。

ちょうど紀元二千六百年の式典がすんで、日本は一時お祭り気分を味わった反面、日中戦争の長期化のため、右の投書にも見られたように、国民の生活は、すでに窮屈になり始めており、何か暗い予感が国民の間に漂っていた時期でもあった。

一人娘の純子は昭和元年の生まれで、ちょうど十五歳になろうとしており、純子の父は東京の某私立大学の英文学の教授、母は府立の豊島高女（府立第十高女）の国語の先生をするという、当時としては珍しく教育のレベルの高い家庭で育てられた。

川田家には他に子どもがなかったので、この純子を非常に大事にして育てた。

背がすらっとして高く、大人しくて内気な娘で、細目でまゆ毛は下がり、色はあさ黒く、ちょうど法隆寺にまつられている百済の観音像に似ていたので、小学校時代から〝観音さま〟という綽名《あだな》がつけられていた。

世田谷代田の一角は、当時閑静な邸宅街で、陸海軍の現・退役の軍人や役人、文士や学者の一家が多く住んでいた。

川田夫妻はこの一角に、共稼ぎをして貯めたお金で建坪三十五坪、敷地百五十坪ほどの二階建ての家を建てた。母の静子は東京の市立や府立の女学校で二十年もつとめていたので、国から恩給が出たのを機会に女学校の教師をやめ、夫と純子の面倒を見ることにしたが、引っ越しのさわぎで、すっかり疲れはててしまっていた。

純子は両親に似て聡明であったが、生来体が弱く、世田谷の家に引っ越した時、すでに肺浸潤のようなものにおかされていた。このところは母親に似たらしく、母も若い時に結核を患ったことがあり、背がすらりとして撫で肩で、面長の顔で額がひろく、目は黒くて澄んだ大きな目をしており、清楚な感じのする女性であった。

両親は第一に純子の健康のことを考え、これから行く先不安の国内のことを考えたうえ、純子が通うのに一番近い女学校を探したところ、目黒区の駒場に、K高女という府立の高等女学校があり、ここに問い合わせたところ、豊島高女(純子は当時母がつとめていたところと同じ豊島高女の一年生であった)からの転校を認めてくれたので、ここに入れてもらうことにした。

母はさっそくK高女の野間啓六校長に会って、受け入れを頼んだところ、すぐに転校の許可証を出してくれ、比較的生徒数の少ない西組に入れてもらうことになった。

西組の担任をしていたのは、笹岡良一教諭と言い、同じく国語が専門で、野間校長からこの先生を紹介してもらった。笹岡教諭は四十をすぎた丸刈りの温厚そうな先生で、父が大学教授、母が元女学校の教諭という教養の高さからみて、野間校長も笹岡教諭も太鼓判を押し、すぐに本人を、十二月一日から登校させるようにとの指示を出した。

昭和十五年十二月一日の朝、純子は帝都線(現在の井の頭線)に乗って駒場駅に着き、徒歩約十分ほどでK高女に着き、門衛にK高女の応接室をきいて入り、そこで野間校長と笹岡教諭に対面した。すでに豊島高校から内申書と顔写真が届いており、純子の純潔な感じのよさが、両教諭を引きつけた。

笹岡教諭はさっそく純子をつれて受け持ちの西組教室に入り、純子をクラスの全員に紹介した。

「今日から諸君の友だちが一人入ることになりました。名前は川田純子と言います。純子君のお母さんは、府立第十高等女学校の元先生で、お父さんは現在○○大学の教授をしておられます。これから諸君と一緒に勉強して行きますので、よく面倒を見て上げて下さい」と言って純子の方へ目くばりをした。

純子は直ちに気をつけの姿勢をとり、黙って最敬礼に近い頭の下げ方をした。すると皆の視線は一斉に純子に注がれた。

純子はこの日、当女学校がきめた同じ紺のサージに赤のストライプの入ったセーラー服を着ていったが、すらりとした背高のっぽで、あさ黒い色をし、純粋だが内気そうに見えたこの新しい友達に、ややきつい眼で、にらむような面々の生徒たちによって迎えられた。

笹岡教諭は、向かって一番左側の列の一番うしろの左側の机が一つあいていたのでそこを指さし、あそこへ腰かけなさいといって指図をしてくれた。

その右隣りには、武藤勝子という中背だが大変偉丈夫そうな女生徒がすわっていた。武藤勝子は旧陸軍軍人エリートの娘(父は陸軍大将で、大正時代に陸軍大臣をつとめたことがある人)で、髪は長髪で肩のあたりまで届くくらい長かったが、まゆげはつり上がり、鼻は日本人としては高い方で、口はきりっとひきしまり、がっしりとした筋肉質の体格で肩幅はひろく、バストは大きく、色はべニ鮭色の健康色そのもので、頬は赤味をおび、まさに精力絶倫といった感じのする女性であった。

勝子は外向きはそういったきつい面を表わしていた半面、気だてはやさしく他人おもいのところがあった。

純子が勝子に向かって軽く頭をさげて腰かけると、勝子は純子の方に暖かい目で微笑《ほほえ》んで迎えた。

あれ、この人は思ったよりやさしいところがあるのかな、と純子は直ちに感じた。

互いに自分にないものを相手に感じ、それで自分を補うことができるような友——それをなにか神様が自分に与えて下さったように純子には感じられた。実はこれから先の四年間、無二の親友として席を同じくするなどとは夢にも思わなかった、純子の人生における出合いでもあったのだった。

文学ずきの純子は、担任が母と同じ国語の先生であること、そして隣りのクラス・メートが、何か信頼のおける、そして自分より大人びた感じのする勝子との出合いにより、何か心休まる思いがして家に帰った。

そして夕飯の時、両親に、今日あった先生やクラス全体の雰囲気、そして隣りにすわった印象的な武藤勝子のことなどについて話した。

父は黙って聞いていたが、さいごに言葉をついで、「それはよかった。お前の念願にかなったようなクラスに入《はい》れて何よりだったな。これから先、日本もどうなっていくか分からない。しっかり勉強だけはしておいた方がいいぞ」とことば少なに語った。

あとになって分かったのだが、純子の家は、勝子の家とそれほど遠くない、歩いて数分の距離のところにあり、このクラスは山の手の良家の子女のつぶ揃いの生徒たちが集まっており、また先生も約三分の二は男の先生で、それぞれ強い個性の持ち主の教師たちであることなどが分かってきた。

そして何日か経つうちに、純子は、次第にこの学校の雰囲気にも馴染《なじ》むようになり、とくに勝子とは親しく言葉を交わす間柄となり、やがて、家族ぐるみのつき合いがはじまるようになっていったのであった。

注1　この歌は紀元二千六百年を記念して昭和十四年末に公募した当選歌で、昭和十五年の二月に各レコード会社から一斉に発売され、ラジオで放送されるなどして、国民の間で歌われた。

注2　「紀元二千六百年頌歌」といわれるもので、東京音楽学校作詞、信時《のぶとき》潔作曲のもの。この歌詞は、つぎのようである。

一、遠すめろぎのかしこくも　はじめたまひし　おほ大和　天つ日嗣《ひつぎ》の　つぎつぎに　御代しろしめす　たふとさよ　仰げば遠し　皇国の　紀元は二千六百年

二、あを人民《ひとぐさ》に　い照る日の　光あまぬき　おほ八州《やしま》　春のさかりを　さく花の　薫ふがごときゆたかさよ　仰げば　遠し　皇国の　紀元は二千六百年

三、大わたつみの　八潮路を　めぐり行きあふ　八紘《あめのした》　ひじりのみ業《わざ》　うけもちて　宇《いえ》とおほはん　かしこさよ　仰げば遠し　皇国の　紀元は二千六百年

第二章——昭和の幕あけ

I

昭和元年という年は、大正天皇が崩御になり、それまで摂政をしていた昭和天皇の即位の礼が行なわれ、元号が昭和と改められたその年であった。

昭和一けたの年、そして十年代は、国の内外でさまざまな事件が相ついで起こり、世界がふたたび世界戦争に向かって急ピッチをあげていた時期でもあった。

第一次世界大戦が終わり、その後の戦後処理として軍縮会議が開かれ（ワシントン軍縮）、日本の主力艦の保有量が英米の七割に制限された。間もなく関東大震災が起こり、

第二章——昭和の幕あけ

日本は大不況に陥り、やっと復興のきざしが見えた頃、アメリカのニューヨーク・ウォール街での株価の暴落に端を発した世界経済の大恐慌の余波が日本を襲い、給料の減俸や失業の時代がおとずれた。折からの東北の大飢饉などで、農村の娘の身売り事件が横行し、国内の世相は暗い谷間の中にあった。

一方、日露戦争で獲得した南満州では匪賊による暴虐事件が相つぎ、当地に駐屯していた関東軍が先手を打って満州事変を起こし、勝手に満州という新生の国家をつくり上げてしまった。この戦争のために、日本には一時、軍需景気が訪れた。

他方、昭和のはじめの頃から、陸軍の中央幹部内での派閥争いが表面化し、陸軍の中軸の幹部の一人が、白昼間その反対派の一人に日本刀で刺殺されるという事件(いわゆる永田事件)(昭和十年の八月)や、国内ではとうてい正常とは思われない不穏な事件(いわゆる〝昭和維新〟と称される軍の若手将校の下剋上事件、五・一五事件、三月事件や十月事件、士官学校事件など、その大部分が不発に終わる)が相ついで企画されていた。

大正十〜十一年(一九二一〜二二年)のワシントン軍縮会議にはじまり、昭和五年には日本の軍部台頭を恐れた英米からの日本の艦船の製造制限を要求したロンドン軍縮会議があり、政府がこれに同調すると、日本の右翼分子に煽動されて、陸海軍の若手将校が決起し、政党関係者や財閥の領袖が相ついで暗殺されるという事件が起こり、陸軍の若手将校が企てたいわゆる二・二六事件〈昭和十一年の二月二十六日に発生〉において、そのピークに達した。

その一方で、対岸の欧州では、ナチ党の党首ヒトラーがドイツの政権をとり〈一九三三年〈昭和八年〉の一月〉、第一次大戦後のインフレの防止、失地の回復や前大戦での屈辱的な敗北感を一掃するための再軍備を行なっていた。

昭和十一年に、日本は共産化したソ連に対抗するために、ドイツと防共協定を結び、翌十二年には、国府・中共軍のどちらかの不慮の発砲が一因となって日中戦争が勃発、日本側の交渉と中国側の蒋介石総統との折り合いがつかず、この戦争は、解決の見通しがないまま泥沼化した拡大戦争となっていったのであった。

欧州では、昭和十四年〈一九三九年〉の九月一日未明にドイツ軍がポーランドに侵入、ここに第二次欧州大戦の火ぶたが切って落とされ、破竹の勢いで進んだドイツ軍は、昭和十五年にベルギー、オランダ、フランスに侵入、イギリス、ソ連をのぞくヨーロッパ全土を制圧、占領するという事態にまで発展していた。

II

勝子の父武藤啓吉は、明治元年（一八六八年）、岡山県の豪農の長男として生まれ、小学校の代用教員をつとめた後、陸軍士官学校・陸軍大学を主席で卒業し、日露戦争前に一度欧州（主としてドイツ）に留学し、日露戦役では、仁川の陸上作戦の時の第一参謀をつとめ、戦争終了後、ふたたびドイツに留学を命ぜられ、世界的な視野でものが見える人であった。

軍人としては穏健派に属し、永久平和論者で、カントの「永遠の平和のために」などを愛読するといった学究肌の人。部下からは慕われ、大正末期に陸軍大臣をつとめた折、四箇師団の廃止を実施し、急進派の陸軍首脳からは反感をうけていた。のち朝鮮総督を最後に軍人生活にピリオドをうち、悠々自適の生活を送っていた。

勝子の母武藤節子は、啓吉と同じく岡山県の出身で、母は池田光政の率いる池田藩に属した名門の出身。父の玲政《のりまさ》がドイツ人と再婚したせいか、アーリアンの血を半分うけつぎ、三人の姉妹のうち第三女として生まれ、武家貴族で、侯爵の爵位を継承し、もっぱら武家社会の娘として豪胆な気性と貞淑さをもった才女であった。

岡山の県立高等女学校を卒業して武藤家に嫁ぎ、長女の恭子（大正十一年生まれ）と次女の勝子（昭和元年生まれ）の二女と、勝子と三つ年下の武（昭和五年生まれ）をつくった。

啓吉の性格が穏やかでのんびりしていたのに対し、節子は本家の武家社会の持ち味を発揮して、子どもたちをきびしく育てた。三人の子供たちが言うことをきかないと、長物指や薙刀《なぎなた》をふりかざして子どもの尻や頭をたたいた。

節子のこの荒っぽい気性の武勇談は、昭和十一年の二・二六事件の時、反乱将校たちが、当時四ツ谷にあった武藤邸を襲った時、啓吉と三人の子供を台所の地下室にかくまった後、薙刀をもって反乱将校の前に立ちはだかり、「夫は出張していません。殺すなら私を殺しなさい」といって、腕まくりをして薙刀をふりかざしたので、反乱将校は恐れおののいて逃げだしたというエピソードをもつ偉丈夫な女であった。

長女の恭子は、父親に似て節子ほど激しい気性はもたず、どちらかといえば貞淑で中肉中背の美人であったが、この頃の陸軍の動乱に愛想をつかし、東京の聖心女学院(現聖心女子大学)を卒業した後、神戸の修道院へ入り、カトリックの修道女として修業をつみ、のち両親の郷里岡山の教会の日曜学校の先生をして暮らしていた。

女のきょうだいで、長女が比較的凡庸であるのに対して、次女が反骨的・反抗的な性格をもつとよくいわれるが、勝子もこの例にもれず、反発的、独立的な性格の持ち主であった。

小さい時から木のぼりが好きで、体操や武道を得意とし、そして教科では音楽、特にピアノの才能に恵まれていた。

啓吉は、この子が男に生まれていたらと思ったくらいで、比較的晩年の(五十八歳の時に生まれた)子で、子煩悩なところが多く、ドイツからわざわざベヒシュタイン製のアップライト・ピアノを取り寄せ、四歳の時から勝子にピアノの先生をつけて習わせていた。敏捷で手足がてきぱきと動く勝子にとり、ゆっくりとしたのどかなメロディーを弾《かな》でる音楽は嫌いで、ベートーヴェンのような気性の激しい、すばやく手が動く曲を得意とした。

勝子のピアノ演奏力はめきめき上達し、昭和十一年、小学校四年生の時、ドイツから文化の交流親善使節として来日したウィルヘルム・ケンプのピアノを聞いて深く感動し、自分も将来ああいったピアニストになりたいと念願していた。また個人的には耳を患らいながら、あのすばらしい名曲を数多くのこしたベートーヴェンを心から尊敬し、ロマン・ロランの書いた「ベートーヴェンの生涯」を愛読していた。

勝子のもう一つの愛読書は、森鴎外の書いた「山椒太夫」であった。主人公(安寿)が、二つ年下の弟(厨子王)を持ち、母親につれられて長い道を旅する途中人さらいに出会い、母と子二人は別れ別れになる。安寿と厨子王は山椒太夫の家に引きとられ、毎日塩汲みや草刈りに駆り立てられ、その労働の激しさとしごき方に将来の希望を失った安寿は入水《じゅすい》してしまう。弟の厨子王は、姉から授かった形見の仏の像を大切にして、太夫の邸から脱出し、仏寺などに隠《かく》まわれて上洛し、のちに佐渡へわたって母親と再会するという物語だが、この安寿のように自分は犠牲になっても、他人や社会に尽くす人になりたい(これはベートーヴェンの精神と相通ずるものがある)と思っていた。

弟の武は、父親のような軍人になりたいと希望していたが、当時の陸軍の青年将校の行動には愛想をつかし、もし将来日本が戦争に巻き込まれるようなことがあったら、海軍を志願して、お国のために役立ちたいと考えていた。

したがって啓吉も、この子は武人として恥ずかしくない男子に育てたいと思い、自ら剣道、柔道や相撲の相手をしたり、腕くらべの競争相手になったりした。また節子も、武人の妻として、とくに末っ子の武に対して決して甘やかすことはしなかった。絶えず辛抱や忍耐の行動を強いて実行させた。

武藤家の家族の呼び方は、両親は、子どもを呼び捨てにし、子どもたちは両親を「お父さん、お母さん」と呼んだ。妹や弟は年上の相手を呼ぶ場合は、「姉さん」と呼び、年下の相手を呼ぶ場合には、互いに呼びすてで呼んでいた。

このような武人らしく律義ある家庭の雰囲気に対して、川田家の純子に対する育て方は、まったく対照的であった。

父の川田菊雄は一八八五年(明治十八年)、愛知県犬山の商家に生まれ、旧制の第八高等学校、東京帝大の英文学科を卒業し、しばらく旧制の中学や高等学校で教鞭をとった後、昭和のはじめ、東京・某私立大学の教授となり、この私立大学から派遣されて二年間、英米に留学し、これらの国の文学や社会、国民性などの研究をして帰国するという経歴の持ち主であった。最初ラフカディオ・ハーンの日本への紹介者として知られていたが、のち外国文学ではイギリスのジョセフ・コンラッドやアメリカのヘミングウエイ、ドライサーなどの作品の翻訳者としても知られるようになった。

中肉中背で、面影が夏目漱石に似たところがあり、英米の国民性についても知りつくし、昭和十二年に日中戦争が勃発した際、米国に滞在していたが、日本軍が、英国のヒューゲッセン中国駐箚《ちゅうさつ》大使の車を機銃掃射して重傷を負わせ、英国軍艦レディ・バード号ほか数隻の商船に銃爆撃を加え、また米国軍艦パネー号や商船が日本海軍の航空隊による無差別爆撃をうけて沈没した事件を、米国の新聞が大々的に取り上げ、英米の対日世論が急激に悪化したのを、身をもって体験していた。

母の川田静子(旧姓土屋)は、信州上田藩の下級武士の系統をひく家に生まれ、両親は小学校の校長や教師をつとめていたが、本人は県立の上田高等女学校を出て東京女子高等師範(現お茶水女子大学)の国文学科に在籍し、落合直文の新体詞や佐々木信綱の和歌の研究をして卒業し、のち東京市立の忍岡高等女学校や府立第十高等女学校(現都立豊島高校)で日本文学(古代から現代まで)を教えていた。

このような両親からの血すじを受けついだ純子《すみ》は、当然、古今東西の文学に興味をもち、父の書棚や応接間に飾ってあった「現代日本文学全集」(改造社)や「世界文学全集」(新潮社)、「昭和大正文学全集」(春陽堂)、そして岩波文庫をむさぼるように読み、また冨山房の「国民百科大辞典」など、ところどころ頁をめくっては面白がっていた。

しかし純子の関心は、日本近代の自然主義の文学で、徳富蘆花の「自然と人生」や、島崎藤村の「千曲川のスケッチ」、外国文学では、エミリ・ブロンテの「嵐ヶ丘」、アメリカの文学ではソローの「森の生活」などを興味ぶかく読んでいたのであった。

また自分は将来、文筆業で身を立てたいと思い、小学校では、A新聞社の懸賞綴方教室などに投稿して入賞し、新聞社から賞状と賞牌をもらったりしていた。勉強は好きで、成績はよかったが、体操だけは苦手で、体を動かすことがにぶく、小学校の時、女の子の体操選手が、男子生徒のように倒立(さか立ち)を難なくやってみせたのを仰天して眺めたりしたのだった。

たまたま駒場のK高女で知り合った純子と勝子は、世田谷・代田町の歩いて数分ぐらいの距離のところに住み、また両家の教養の高さが両家族をひきつけるようになった。

武藤大将は川田教授より十七歳も年上であったが、外国生活を送ったという共通体験があり、視野も広く、話が合い、また囲碁なども好きであることから、両家を訪れたり、互いに碁を打ったりして、夕飯をご馳走になってくることもあった。

川田家では、純子は両親を呼ぶのに「お父さま」「お母さま」と呼び、父親の菊雄は純子を呼びすてにしたが、母親は、めったに呼びすてにすることはなく、「純《すみ》ちゃん」という愛称で呼んだ。

また純子と勝子はお互いを呼ぶのに、最初は「勝子さん」「純子さん」と呼んでいたが、その後親しくなってから、勝子は純子のことを「純ちゃん」と呼ぶようになった。一方、純子は勝子を呼ぶ時は依然として、「勝子さん」と呼んだ。何となく勝子の方が大人びていて、体力的にも、能力的にもすぐれているものがあるように思えたので、ただ敬意の念をこめてそう呼んだのであった。

第三章——戦雲の色濃し

I

昭和十四年から十五年、そして十五年から十六年にかけての時局の推移は、まさに風雲急をつげるかの如く、国際的な大事件が相ついで起こっていた。とくに十五年から十六年にかけては、五年間の出来事が一年間に集中し、一日が平時の五日分くらいの早さで流れていくかの感があった。

昭和十五年の二月には、民政党の斎藤隆夫代議士が、第七十五議会で「支那事変処理」の問題をめぐって政府に対し、一時間半にわたる質問演説を行なった。この演説が国の内外に及ぼした影響は大きく、また戦前の議会において、軍部批判が聞かれた最後のものであった。

「――一体支那事変はどうなるものであるか、いつすむのであるか、政府は支那事変を処理すると声明しているが、如何にこれを処理せんとするものであるか。国民は聴《き》かんと欲して聴くことが出来ず、この議会を通して聴くことが出来ると期待しない者は恐らく一人もいないであろうと思う。(――中略)

事変以来我が国民は実に従順であります。言論の圧迫に遭って国民的意思、国民の感情をも披瀝することが出来ない。殊に近年中央地方を通じて、全国に瀰漫《びまん》しておりますところの彼の官僚政治の弊害には、悲憤の涙を流しながら黙々として政府の命令に服従する。政府の統制に服従するのは何が為であるか、一つは国を愛する為であります。また一つは政府が適当に事変を解決してくれるであろうことを期待しているがためである。

しかるにもし一朝この期待が裏切られることがあったならばどうであるか、国民心理に及ぼす影響は実に容易ならざるものがある。しかもこのことが、国民が選挙し国民を代表し国民的勢力を中心として解決せらるるならばなお忍ぶべしといえども、事実まったく反対の場合が起こったとしたならば、国民は実に失望のどん底に蹴落とされるのであります……」[1]

斎藤代議士は無為に泥沼化する日中戦争の批判、軍部と政党の腐敗を痛烈に批判し、その中で種々の統制に甘んじて服従している国民の赤裸々な姿を訴え、日中戦争の早期解決を切望したのであった。

この舌禍事件は、軍部の激怒を買い、斎藤氏は議員の除名処分を受けることになるが、社会の底辺にあって諸々の弾圧と統制の下で生活していた一般の国民には、溜飲が下がる思いで受けとめられたのであった。

第二の事件は、昭和十五年の紀元二千六百年の記念式典が行なわれる一ヶ月半前に、ヨーロッパで交戦状態にあったドイツとイタリアを含めた三国軍事同盟が結ばれたことであった。これは時の松岡洋右外相と、親独大使の大島浩中将との緊密な提携によって実現したもので、昭和十一年、日独防共協定が結ばれて以来、ドイツ側が盛んに圧力をかけてきており、わが国でも七十数回に及ぶ閣議が開かれ、やっと締結が行なわれたのだが、この三国同盟に反対する人は多く、またその主役は海軍であった。

これが結ばれれば、英米の海軍を敵にまわして戦わなければならず、その主役となるのが海軍で、世界最強の英米艦隊を相手にして太平洋上で戦うには、勝算の見込みはなく(少なくとも二年くらいは持ちこたえるだろうが、その先はわからないとの見通しがあり)、この三国同盟を結ぶか結ばないかの問題は、当時の日本の国際政治にとって一つの癌となっていたのであった。

昭和天皇も日夜このことを心配しており、「いましばらく独ソの関係を見究めた上でも遅くはないのではないか」といい、これに対して当時の首相近衛文麿は、「あれほどドイツが確信をもって申す以上、これを信頼してもいいと思います」と奉答し、また「対米平和のためにドイツと条約を結ぶのでして、それが目的です。もう他に施すべき手がありません」と答えたという。[2]

さかのぼって昭和十四年の八月二十三日に独ソ不可侵条約が結ばれ、それから一週間の後にドイツはポーランドに進攻を開始して第二次欧州大戦が勃発し、十五年の六月までにドイツ軍はベルギー、オランダ、フランスをつぎつぎに占領し、さらに南欧のバルカン地帯では激戦を展開しており、北はノルウェーにも進駐していた。

明くる昭和十六年の六月二十二日、不可侵条約を結んでいたドイツとソ連がいきなり戦闘を開始し、ドイツ軍は破竹の勢いでモスクワをめざして進攻して行ったのである。

この間、目をアジアに移すと、昭和十四年ごろより、陸海軍の統帥部は南方進出の作戦の計画を着々と進めており、昭和十四年の二月には、日本軍は海南島を占領し、十五年の五月には北部の仏領インドシナに進駐した。

このような状態を見て、英米は黙っているはずがなかった。米国の大統領ルーズヴェルトとイギリスの首相チャーチルは、三国同盟を非難し、対国防宣伝、国民警告を発表し、日本のアジアにおける武力進出に対しては、つぎつぎと経済封鎖を実施してきた。

昭和十四年の七月には、日米通商航海条約の廃棄の事前通告が行なわれ、翌年の一月からこれを実施。昭和十五年の六月には、対日工作機械類の輸出禁止。日本軍の北部仏印の進駐に対しては、屑鉄の輸出の禁止。翌年の七月二十三日には、日本とフランスの間で仏印の防衛協定ができると同時に、在米の日本資産を凍結、これにならってイギリス、オランダも、在英、在蘭の日本資産の凍結に踏み切った。さらに十六年の八月一日には、航空機用の潤滑油の輸出を禁止するといった具合に、米国主導の対日経済封鎖は、日々に圧迫の度が強まりつつあった。

こうした中で、昭和十六年の四月から、ルーズヴェルトと知己の関係にあった野村吉三郎海軍大将との、日米戦争を回避するという目的での交渉がすすめられており、この交渉は、いわばつな渡りの手品師のようなもので、一歩間違えば奈落の底に落ちるといった危険をはらんでいた類のものであった。

この世界状勢が風雲急を告げる中で、武藤退役大将(元大臣)は、時局の成り行きを憂え、つぎのように家族の者に話していた。

「欧米には、第一次世界大戦後に起こった黄禍論というものがある。これは日本がわずか数十年のうちに、欧米の戦力を相手にして戦えるようになったのを恐れているのだ。三十七年前に起こった日露戦争にしても、戦力は五分五分で、もうちょっと手おくれだったら、日本は負けたところを、米国が仲裁に入ってくれ、ロシアとの講和条約が結ばれた。それを勝った勝ったといって国内では大さわぎをした。その勢いで、日本はロシア革命のすきや、日中戦争の初期にシベリア出兵やノモンハン事件を起こし、かえってロシア軍から反攻をうけたという苦汁をなめている——。

日中戦争が片づいてから事を構えるならまだ話はわかるが、それが片づかないうちに米国と戦争しようなどという若手の陸軍の指導者たちがいるが、とんでもない話だ。先だって総力戦研究所につとめる日本の若手将校が、日米の工業生産力を向こうへ行って調べてきたが、それによると鉄の生産量は日本の二十倍、石炭の産出量は十倍、それに米州各地の油田から出る石油の産出量は、数百倍、また航空機の生産量は年間十二万機にも及ぶという。

このようなとてつもない生産力を持つ米国に対して戦争をしようなどというのは、まったく無茶な話だ。それに四年間もつづいている日中戦争で、国民は疲れ切っている。第一に食糧問題の深刻化、物資不足と通貨の膨張は、町を歩いてみてもわかる。また統制の不手際による経済の悪化だ。これによってみても、対米戦争は不可である」

これを黙って聞いていた勝子と武は、口を揃えていった。

「でもお父さん、米英の理不尽な、日本を不利におとしめようとしている圧力を放っておいてもいいの？　個人と同じように、国には名誉とか権威というものがあると思う。これをふみにじってまで、米国の言う通りになっていてもいいと思う？　私たちは、いつか戦争にでもなったら、国家の名誉にかけて戦う覚悟でいます」

それを聞いていた母親の節子も同調するかのように、「二人の言い分はもっともだと思う。もし戦争がはじまったら、一家をあげて国家にご奉仕をしなければね」といって、二人の子どもたちを励ました。

これに対して長女の恭子だけは「中立」の立場をとった。戦争そのものが、人と人との殺し合いであり、「正邪」の判断はどちらともつけ難く、戦争そのものが人間を堕落させ、奈落の底に落とし入れることになる、と考えたからである。

これに対して、川田家では違った考え方をしていた。

川田教授曰く、「三十七年前の日露戦争の時、日本には英国の経済的軍事的援助があり、そして米国の調停があったからこそ、戦勝国になれたのだ。また十八年前の関東大震災の時、真っ先に救いの手をさしのべてくれたのは米国だ。吾人はこういった過去の米国の好意に対して恩義を感じなければならない。こんどの米英の経済封鎖や資源の凍結にしても、日本が中国から手をひけば、禁輸の解除はかならずしてくれると思う。政府の要人も軍部も、この点を考慮して、国民を現在の切りつめた状態から救ってもらわねば困る。できるだけ戦火を交え、悲惨な思いをこれ以上国民にさせないよう努力してもらわなければならない」

それを聞いていた妻の静子も同意した。

「私もお父さまのご意見は、まったく正しいと思う。人間と同じように、国と国とはやはり相互の信頼の上に成り立つものでなくてはならないと思います。恩義を感じている国があったら、やはりそれに対して義理を果たし、やたらに強がりを言ったり、傍若無人ぶりを発揮することはよくないと思う。これまでだって中国には、長い間非常に文化的な恩恵を受けてきているでしょう。それをないがしろにして、今の軍人たちはずいぶん悪いことや残虐行為をしていると思う。それを大っ平に言えないのは大変残念なことね。軍部の言いなりにならない戦争反対の声が、国民の間から出てくるような国にならなければ駄目ね」

純子は、この両親の意見にまったく賛成であった。「自分は体も弱いし、とても戦争——それは男と男同士の喧嘩みたいなもの——に協力することはできない。何とかして国と国同士の戦争をやめさせる方法ってないものかしら?」と、不安げに自問してみたのだった。

II

風雲急をつげる国際状勢の変化にともない、国内がなんとなく喧噪な雰囲気を醸《かも》し出していた頃、純子の転校してきた女学校ではまだのどかな普通の授業が行なわれていた。四月から新学期がはじまり、四月十一日と十二日の二日間にわたり、この学校では全学一斉の身体検査が行なわれた。

これは事前にクラス担任から通知が出されており、各生徒は前日、みんな風呂へ入り、身なりを整え、化粧で顔をみがき、中にはヘチマコロンなどの香水を体にふりかけてくる者もいた。生徒一人一人ができるだけ美しくみせようと懸命になってその日は登校した。

二年生になったばかりの純子たちの検査の日は十二日で、この日は午前中の授業は休みであった。

午前九時、生物担当の小関京子先生が西組のクラスに現われ、つぎのような訓示を行なった。

「これから皆さんの身体検査を実施します。順序はまず身体測定を先に、身長、体重、胸囲、座高の順に行い、視力検査がすんだ後、お医者さんの診察(目や歯の検査を含む)が行なわれます。皆さんは直ちに服を脱いで、ブルマー一枚だけの裸になって下さい。もう暖かくなったから、服を脱いでも寒くないでしょう。一人の検査が終わるのに約三十分はかかります。それからクラス代表の佐々木ふみ子さんは各生徒の身長測定係、副代表の高橋とも江さんは記録係をつとめて下さい。では各自に渡された記録用紙をもって、一列に並んで衛生室に行って下さい」

訓示が終わると、皆が「えー?」と大きな嘆声をあげた。皆はこの学校へ来てから二回目の検査をうけるのだが、新しく転校してきた純子にとっては、はじめての検査である。誰もが身体検査をされると嫌な気持がするものだが、とりわけ体の貧弱な持ち主の純子にとっては、小さい時から、これが大の苦手であった。

小学生の時、この頃はすでに乾布摩擦が全校に導入され、上半身の裸を人前にさらけ出さなければならず、服をぬがずにぐずぐずしていると、軍隊帰りの体育の先生から、往復ビンタを食らった苦い経験が心の傷としてのこっており、またそれ以上に嫌な思いをさせられるのかと、皆の様子を伺っていた。

クラスの中で一番大女で、性格の明朗な藤原千代は、まっ先に裸になり、そして皆にこういった。

「皆さん、温泉へ行ったと思えばいいのよ。たまには各自の裸を知り合うということは健康でいいことなのよ！」と大声で言うと、クラスの中から大きな笑い声が起こった。

とくに戦前・戦中に育った人は、自分の体を人前にさらけ出すということに対して（とくに女性の場合）、羞恥心があり、また同時に他人が着ているものを全部脱いだときには、どんな裸形をしているのかという好奇心も、同時に働くものである。

そうこうするうちに、皆が一人ずつ服を脱ぎはじめ、クラス全体が、さまざまな特徴のある体を人前にさらけ出すヌード展覧会場と化した。

体が女の相撲取りのように太った藤原千代の大きな乳房は、その乳頭が直径約二センチもあるあづき色をしていた。腕やふくらはぎの筋肉が発達し、精悍な顔つきをした高橋とも江（クラスの副代表）、口が平べったく大きく、肩幅はややあり、皮膚はミカン色をして乳房は大きく、乳頭のまわりにはあかい斑点がとり巻いている田中安代、髪の毛は黒くきめ細かい白い肌をしたいわゆる餅肌の谷口君枝、中背で肩はやや張り、乳房は小さく乳頭が黒ずんでいる岸本登志子、背はチビっちゃく、しかし骨格はがっしりとした小ずるそうな風貌をした岡本よし子、色白で中肉中背、目・鼻・口は一応整った感じで知的な風貌の佐々木ふみ子（クラス代表）、中肉中背で肩が張り、乳房はつっ張って体はべニ鮭色で髪を肩のあたりまで下げた武藤勝子——。

裸の嫌いな川田純子がまだもじもじして服を脱がずにいると、すでにブルマー一枚になった勝子が、「純子さん、早く脱ぎなさいよ。脱いでしまえば、気持がさっぱりしていい気分になるのよ」といって、手伝って服を脱がせ裸にしてしまった。背だけがひょろ長く、乳房がだらりと下がり、細長い腕や脚をしたその初めてみる純子の裸姿に、皆の視線がいっせいに向けられた。

四十人がブルマー一枚の姿で衛生室につめかけ、自分の番がくるのをいっせいに待ちうけた。一人ずつ気をつけの姿勢をとって身長台に上り、それが終わると体重計の方に行き、体重をはかってもらい(これらの指示は衛生室の医務職員によって行なわれた)、そして胸囲、座高の順に測定を終わってから視力の測定、そして医師の診察をうけるまで、実験台に立たされたようなものである。その間、皆は衛生室が用意したござの上にあぐらをかき、一人一人の体格の特徴やふだんの動作などについて、皆でささやき合っていた。まさにヌード博覧会のような活気を呈していたのであった。

とくに小学校五、六年の頃から乳房がふくらみはじめ、十五、六歳になると個々の女の体型が出来上がってくる年ごろにあたる。体操の時間に白い体操服の上に両手を胸にあてて深呼吸をすると、ちょうどゆび先が乳頭にふれるので、くすぐったささを覚える。

さらに胸囲の測定の時には、尺帯を乳頭の少し上のところにあて、深呼吸をし終わった時に測定するのだが、やはりくすぐられているような感じをもつものである。

そうこうするうちに、純子の胸囲の測定の番がまわってきた。やはり平均値をはるかに下廻る六十二・三センチで、これは九歳～十歳の児童くらいの標準値である。これに対して勝子の胸囲は八十三・五センチで、平均値をやや上廻った。体位の測定が終わると、裸のまま片目をおさえて視力の測定が行なわれる。これは近くの国立第二病院から医務局員が出張して行なわれた。これは純子も勝子も同じくらいで、片目(左)が一・〇、右目が一・二であった。

ついで医師の診察で、純子の番がまわってきた。なで形の肩、だらりと下がった乳房、そして胸に静脈が分水嶺のように走っている純子の体を見て、国立から来た若い男性の医師は、この子は腺病質の体質だと診断した。聴診器を純子の胸にあて、「はい大きく息をすって――はいて」をくり返し、そして後ろ向きになって背中をみせ、背骨の位置に手をあてて確かめてから、同様に深呼吸をするように指示した。診察が終わってから、その医師は純子に「これからレントゲン室へ行って胸の写真を一枚とってきて下さい」といった。

当時はまだ着衣のままとれるレントゲン装置などはなく、両手をうしろに組んで縛られたような格好になり、裸の胸をつき出してとるような型のもので、レントゲン室には初老の看護婦がおり、「はいっ、大きく息をすいてはいて、そこでとめます」と合図。純子は言われたようにすると、「はい、終わりです」と言った。

「レントゲン写真は約一週間後にお宅の方へ送ります」と告げられ、純子は三十分も色々な人(むしのすかない人、何の関係もない人、そして勝子のようにいつもつき合っている人)に見られながら、自分の裸を外にさらけ出し、体全体の皮膚が被服の保護をうけずに外の空気にあたっているのをひんやりと感じながら急いで教室に戻り、下着をとり、スカートをはき、セーラー服を着てボタンをかけ、朝母がつくってくれた弁当箱をひろげ、二、三のつけ物が入っている日の丸弁当に舌づつみを打った。

その間あのレントゲン写真の結果はどうなっているのだろうと気になりだした。三十分ほど昼休みがあり、午後は地理の授業があっただけで、純子は急ぎ足で帰宅した。

玄関に出迎えた母の静子は、「どうだったの、結果は」と聞いた。「いや別に。でもレントゲン写真を一枚とらされちゃったのよ」といって、自分の二階の部屋に戻り、今日の授業の復習とあすの授業の予習をした。

少しつかれたので、下へ下り、母が夕飯の支度をしていたので、一緒にエンドウ豆のすじをむくのを手伝いながら、「今日は本当にいやな日だったのよ。だって三十分以上も裸にされて、皆にみられながら検査をうけたのよ。わたしより皆体格のいい人ばかりでしょう。だから恥ずかしくなっちゃって……。あの勝子さんて、本当に気だてもやさしくて大人っぽく、体格もすごく立派なのよ。勉強もよくできるし、そしてピアノが抜群にうまいのよ。何だかみんながわたしより上のような気がして、何だか劣等感を起こしちゃった」といった。

すると、母が純子の肩に手をあてて、「そんなことはないでしょう。あなただって成績は結構いいじゃないの。体はわたしに似て弱いところもあるけれど、長所だって沢山あるのよ。あなたの体は痩せているけれど、均整がとれていてとてもきれいよ。それに文章を書く力がすごくあるので、きっと将来、文筆家になってよい文章を発表することができる人になれると思うの。だから他のことに気をとられずに、自分の道をまっしぐらにすすむことね」といって励ました。

間もなく、父親の菊雄が大学から帰ってきた。夕刊を買ってきて、やや興奮ぎみに、「あす松岡外相がモスクワで日ソ中立条約を結ぶことになるそうだ。日本も三国同盟は結んだし、国の防衛力はまずまずだ。当分戦争にはならんだろう」といった。

これを聞いて二人は安心し、三人はそそくさと簡単な夕食をすませた。

それから一週間の後、四月十二日に撮影したレントゲン写真の結果が、学校を経由して家に送られてきた。やはり肺の入口にはすこし影が見られるが、学校へ通学しても差しつかえないこと、ただしあまり疲れるような仕事は休むこと、特に体操の時間は見学にさせてもらうこと、また折をみて写真をとる必要があることなどが、医師の所見として書かれてあった。

Ⅲ

昭和十六年も七月に入り、東京にも暑い日ざしがさし込むようになっていた。

この頃、国外では、米英が日本の仏印進駐に抗議して、対日資産を凍結し、その一方でワシントンでは野村大使を中心に、日米交渉の第二次修正案が提出され、日米関係は緊張が高まりつつあった。

また欧州では独ソ戦が開始され、ドイツ軍はモスクワに向かって破竹の勢いで侵入を開始していた。こうした中で国内では、まだ行く先不明ののどかな日がつづいていた。

こうしたある日、菊雄の友人で台北帝大の飯沼正孝教授が、暑中休暇で帰国しており、川田家を訪れていた。

飯沼教授は、高砂族や漢民族などの民族心理の研究をし、川田菊雄に久しぶりに最近の台湾の様子などを話していた。

台湾は日清戦争以来、植民地政策がとられていたが、ここは四代目の総督の児玉源太郎大将（日露戦争の立役者）の下で、後藤新平が民政官をつとめ、民意を理解する政策をとる一方、新渡戸稲造を殖産局長に迎えるなどして、日本の殖産産業を振興させ、製糖業やショウノウ、茶の輸出や台湾米などが、明治の米騒動期に輸入され、また以後、大量の木材などが輸入されて日本経済を潤していた。

一九二七年に創設された台北帝大は日本の植民地政策と不可分の関係にあったが、日本から渡った教授が温かい目で原地民に接し、また内地人と台湾人の共学制をとったため、学生は親日的となり、戦争中は台湾人も労働者として戦争協力を強いられたが、とくに漢族、高砂族を差別なく取り扱ったので、台湾人には親日家が多く、内地留学生も、戦中戦後を通じて多く集まってきた。飯沼教授は、揚羽蝶を押しはさんだガラスの盆を、土産にもってきてくれた。

川田家の二階は、菊雄の部屋と純子の部屋に二分されていたが、その前に渡り廊下が設けられ、そのベランダで台湾の話や最近の国際情勢などに話がおよんでいた。

二人が話していると、純子がつめたいむぎ茶とおしぼりを運んできた。うす紺色のスカートに、レモン・イエロウの半そでのセーターからニュッと出た細い腕の美しさに飯沼教授は見とれてしまい、思わず「純子さんも、しばらく会わなかったら、すっかり年ごろの娘さんになったなあ。早くよいおむこさんを探さなければいかんなあ」といった。するると菊雄は切りかえすように、「いやあー、この子は元々体が弱いもんで、まず健康のことを第一に考えなければいかんと思っている」といった。飯沼教授にも沢山の年ごろの教え子がおり、また菊雄の関係でもお嫁さんにどうかという話が持ち上がってくるのだが、いつも菊雄の方から断わっていた。

純子は長い夏休みを家にいて、川田家にある蔵書を読んだり、庭の畑や草花の手入れをしたり、また母を助けて食事の支度をしたり、裁縫や縫い物を手伝ったりしていた。そうすることが、何よりの仕合わせだと思っていた。将来結婚して相手の家とのつき合いの煩わしさや、夫や子どもに献身的な奉仕をするのだということは、自分を不幸にする因《もと》になると考えていた。あくまで両親の許にいたい、そして両親の老後の面倒をみながら、自分の仕事(文筆業)をしたいと思っており、結婚の話など、当の純子にとっては余計なお節介だった。

長い夏休みの間、純子はK高女の級友と会う機会はほとんどなかった。皆思い思いのプランを立て、旅行に出たり、家事の手伝いにあけくれしているようであった。

こんなのんびりとした夏休みが迎えられるのも、もしかしたら今年が最後かもしれないと思われた。世の中が段々と戦争準備の方向に向かって動いており、いつなん時《どき》、国のための奉仕の勧誘が訪れるかもしれないのであった。

武藤家の方は、沼津にある別荘で過ごしており、勝子もそこで海水浴を楽しんでいるらしかった。そんな便りが、最近純子の許に届いた。またこの十月には、勝子のために学校で開いてくれる演奏会が予定されており、その準備に向けてのピアノの練習にも励まなければならなかった。

Ⅳ

十月に入り、野村大使とハル長官による日米交渉は、次第に難航しはじめていた。最初の出発点、すなわち四月十六日に米国側から出された日米了解案は、比較的柔軟なもので、日本側もこれに首肯する内容のものであったが、その後四回にわたって続けられた会談では、日本側の提案と、米国側が示した解答案との間のみぞが段々ときわ立って感じられるようになっていった。

こうした中で、十月一八日、第三次近衛内閣が倒れ、代わって東條英機内閣が誕生した。内外の人々はこれを「戦争内閣」というふうに受けとり、近く米英と戦争に突入する公算が大きくなりはじめていた。

こうした内外の緊張をよそに、駒場のK高女では、武藤勝子のためのピアノ・リサイタルが開かれた。

勝子のピアノの腕前は、将来ピアニストになるという嘱望を学校側が託している位で、四歳の時からはじめて十二年になる勝子のピアノの演奏力は頂点に達していた。

勝子は小学校の時から、音楽の先生のお手伝いでオルガンやピアノを弾いたり、またこの女学校の音楽の時間には、音楽の市川先生のピアノに合わせて、合唱のタクトをとることを仰せつかったりした。よく唱われたのは、シューベルトの歌曲の三重唱や、シューマンの「流浪の民」などであった。

十月二十日の雨天体操場をつかって行なわれた演奏会には、折りたたみ式の椅子約四百五十台が用意され、その前には音楽室で使われていたヤマハのグランド・ピアノが持ち出されていた。会場には野間校長、西組クラス担任の笹岡教諭以下教職員全員と、全学生徒約四百名が試聴した。

曲目はベートーヴェンのソナタ「月光」と「ワルトシュタイン」ソナタの二曲であった。

音楽の市川先生の紹介にはじまり、勝子は白のブラウスと紺のスカート、そして額には白の鉢巻を巻いて現われ、聴衆に向かって軽く礼をしてから、「月光ソナタ」第一楽章のアダージョ・ソステヌートを、楽譜を見ながらゆっくり弾きはじめた。

あまりにもよく知られているこの曲は、ベートーヴェンが目の見えない少女のために、月の光の下で作曲したものと説明されていたが（当時の小学校四年生の国語の教科書にその話がのっていた）、のちの説ではある音楽評論家が第一楽章をきいて、「スイスのルツェルン湖で月光の波に動く小舟のようだ」と評したことから「月光」という名前がつけられたといわれ、最後の第三楽章のはげしい旋律（プレスト・アジタート）は、当時のベートーヴェンがひそかに愛を感じていた自分の愛弟子が貴族と結婚してしまったので、その失意した時の感情を強く折り込んで作曲したものといわれている。

この第三楽章は、相当に熟達した人でないと完全に弾きこなすことが困難だといわれる楽章だが、勝子はここを難なく弾きこなし、弾き終わった時には大きな拍手がわき起こった。

十五分間の休憩の後《あと》、さらに難曲とされる「ワルトシュタイン・ソナタ」（作品五十三番）が演奏された。

この曲は、ボヘミア出身のワルトシュタインという伯爵が、ベートーヴェンを世に送り出すために財政的な援助をし、当時の貴族社会につながりをつくることに尽力してくれたことに対する謝礼として作曲されたもので、ベートーヴェンの中期の作品を代表する有名なソナタ「熱情」(作品五十七)と双璧をなすといわれる曲である。

第一楽章はアレグロ・コン・ブリオで、すばやい指のタッチで演奏しなければならない。第二楽章は短いアダージョ・モルトで、つぎの第三楽章ロンド・アレグレット・モデラートへ導くための導入部がきて、晴れやかなロンド形式の主題が何回も現われ、ついでプレッスティシモの早いロンド形式がきて終わるという構成になっており、プロの演奏家でも、約三十分はかかるといわれる難曲である。

この二回目が成功裡に弾きおわると、割れるような拍手が起こった。この二曲の演奏によって、武藤勝子のピアノの才能が遺憾なく発揮され、将来音楽学校へ入ってピアニストとしての活躍が期待される晴れの舞台であったわけでもある。最後にアンコール曲として同じくベートーヴェンのソナタ「悲愴」(作品十三番)の第二楽章「アダージョ・カンタービレ」を弾いた。はげしい失意を描いた重々しい楽章の中に、あの甘い過去の追憶を物語るかのように描かれているこの第二楽章は、何か勝子の初恋の思い出を物語っているかのようにも感じられた。

教室へ戻ってきた勝子に、「すばらしかったわ、さっきのベートーヴェン」とほめちぎり、「一日に何時間ぐらい練習するの?」と聞いてみた。すると勝子は、「小さい時は一日に五、六時間、休みの日には七、八時間くらいかな。指が段々慣れてきて、楽譜がすらすらと読めるようになると、それほど根つめてやらなくても弾けるようになるのよ」

と、こともなげにこう語るのだった。

これまでも勝子はいたずら半分に、音楽室で色々な曲のパッセージを弾いてみせたことがあったが、純子が勝子の本格的な演奏を聴き、勝子にすぐれたピアノ演奏の才能があることを知ったのは、この時がはじめてであった。

やっぱり才能というものは生まれつきのものだ。それに磨きをかけることによって、あのようになっていくのではないか。いつか母が言ったように、私には私の持っている生まれつきの才能がある。両親から受けついだ文章を書く能力――。これをのばして行くこと、ちょうど作曲の場合と同じように、ちょっと感ずることがあったら、すぐにノートに書きとっておくこと、そしてそれらの断章をまとめて総合的なものにすることと――これが小説の真髄となるのではないかと考えるようになったのは、勝子のこの演奏を聞いた時からのことであった。

V

勝子のために開かれたすばらしい演奏会をよそに、日本国内はますます暗い、日米開戦の触発がいつ起こるかもしれないという緊迫した空気が充満していた。

十一月六日（日米開戦の約一ヶ月前）、政府は難航をきわめている野村大使を補佐するために、三国同盟に調印した元駐独大使来栖三郎を米国に派遣し、交渉にあたらせた。しかし日本軍隊の中国からの撤退と、三国同盟の死文化が、大きな障害となっており、これ以上進展を見ることは、もはやなかった。

一方、英国首相のチャーチルと米大統領ルーズヴェルトが十一月の初旬に行なった演説、すなわち日米開戦せば英も即時参戦するとか、米国も参戦を辞せずなどとの声明や、また首相就任後の東條英機の演説は、マス・コミによって誇張宣伝され、彼我の世論を硬化させてしまった。

また十一月には、日本側の一衆議院議員の、「もうこれ以上は待てない。やるなら早くやってくれ」といった感情論が爆発するまでになっていた。

こうするうちに、十一月二十六日、いわゆる「ハル・ノート」が米国のハル国務長官によって野村・来栖両大使に手渡された。それによると、米国側はこれまでにない新しい事項を加えた強硬な提案が盛り込まれていた。

すなわち、満州国の否認、蔣介石政権以外の中国政権の否認、日本軍および警察官は即時中国の全領土および仏印から撤退すること、そして日・独・伊三国同盟の死文化が明記されていた。

この通牒を彼我の関係者は、日米交渉の決裂、そして米国側の最後通牒として受け取り、かねてから着々と準備しつつあった日米開戦の態勢が強化されるに至った。

ハル・ノートの出た十一月二十六日、日本側は山本五十六の率いる連合艦隊が、真珠湾奇襲のためエトロフ島ヒトカップ湾を出港、十一月六日に大本営陸軍部は、南方軍および南海支隊の戦闘準備と、南方要域および香港攻略の準備を発令した。

また米国側でも九月一日、海軍の太平洋艦隊の建造計画を発表、十月十三日には米蘭の軍事会談の開催、ハル・ノートの出た日、米軍部は、ハワイの現地軍に警告を発していた(これは日本軍のハワイ奇襲作戦に対する警告と理解される)。

十二月一日に日本の大本営は、陸海軍に作戦の実行を発令しており、同日、連合国側では蘭印の陸空軍が動員され、また同じ日にフィリピン全土に非常警戒が発令されていた。[3]

ハル・ノートは、第三者の目から見ても、直ちに受諾を困難とする、当時の日本の国際的地位を捨て、米国側の主張を全面的に受け入れよとの含みをもった高圧的な内容の「了解案」となっていたのである。

これはあとで解ったことだが、これまでに出された米国の懐柔案に対し、中国側が猛烈と反対し、蔣介石側の米国駐在の代表大使（故適）が米英に働きかけたこと、そして米軍部首脳の協議により日本側から先制攻撃をさせ、これによって米国民の全面的な支持を得るための計略を謀《はか》ったものであったという事実が明らかにされている[4]。

こうしてハル・ノートは、日本側にとっては、米英との止むに止まれぬ戦争に追い込まれるということになり、米国（連合国）側の思う壺にはめられてしまったということになる。

ここで注意したいことは、交渉の土壇場になってこのような強硬な回答が来ることを、日本側のだれ一人として予想しなかったこと、そしてこの強硬論に対して感情論が先走り、戦争の成り行きに対する見通しに関する冷静な判断を下すものが、当時の政府指導者の中にいなかったことである。

（これはあとでもふれるが、日本の米ソのような大国に対する外交の「稚拙さ」、ないし「甘さ」がもろに現われていることである。終戦の時、ソ連を和平交渉の相手として申し入れたが、断わられたどころか、逆に戦争を仕掛けられているのを見ても、大国との外交に対する「甘さ」と「稚拙さ」を露呈しているといえる。今回の第二次大戦において、日本は二度の誤りを冒していることに注意しなければならない）。

吾人が今もって理解に苦しむのは、あの開戦の決定の時、戦争の成り行きの判断、休戦、そして講和の時期について、御前会議の時、立ち入った論議がまったくなされなかったということである。

物量や近代の科学化された兵器に関し、数倍にも劣る部分を、肉体の「訓練」とか「精神力」において補おうとする前近代的な考え方が、とくに陸軍の上層部において支配的であったこと、また海軍は、長期戦は絶対に不可能であることを知っており、当時の近衛首相や木戸内府は心配して天皇に再考をうながしたが、天皇は十一月の中葉、大本営において陸海軍の統帥部の若手の作戦部員が作成した真珠湾攻撃をふくむ全作戦計画の「御前兵棋演習」に耳を傾け、次第に開戦論へと傾いていた。たびたび心配する近衛に対して、「あんなにおまえは言っていたが、それほど心配することはないよ」といったこと、（富田健治「敗戦日本の内側—近衛公の思い出」古今書院　昭和三十七年　一九六頁）、その後突然にやってきたハル・ノートの強硬な提案に対して、政府の上層部は感情論に支配されてしまい、勝敗の成算の見込みがまったく立たないまま、天皇は開戦の聖断を下してしまったことは、きわめて日本的な特徴といえ、三十七、八年前を遡る明治天皇が下した日露戦争の時の聖断とは、かなり趣きを異にしていることに注意しなければならない。

こうして土壇場になってハル・ノートのような強硬な提案に対し、当時の天皇・軍部・政府首脳は、最後まで戦争の見通しに関する配慮がまったくないまま、その後の彼我の国民の惨禍、犠牲、損害がどれほど大きく広がっていくかを顧《かえり》みず、ただ国の威信とか名誉を重んじたまま、まったく「無謀」としか言いようがない戦争へと突き進んでしまったのであった。

注1　河原宏「斎藤隆夫の反軍演説とその反響」『社会科学討究』二十七巻　七十七　第一号　昭和五十六年

注2　入江徳郎・古谷綱正・高木健夫編「新聞集成　昭和史の証言14　大政翼賛・紀元二千六百年」本邦書籍　昭和六十年　四一六頁

注3　参謀本部所蔵「敗戦の記録」　原書房　平成元年　四二九〜四〇頁

注4　東郷茂徳「時代の一面」　改造社　昭和二十七年　第六章――「ハルノート」　とくに二三八〜四〇頁参照

Feis, Herbert, The Road to Pearl Harbor: The Coming of the War between the United States and Japan, Princeton, New Jersey, Princeton University Press, 1950 などが、信憑性の高い文献といえる。

注5　近衛文麿の遺書「平和への努力」に、つぎのようなくだりが出てくる。

「――乾坤一擲とか、国運を賭してとかいう者があり、松岡外相もしばしば口にしたが、自分はそれを聞くといつも不愉快に感じたのであった。乾坤一擲とか国運を賭してとかは壮快は壮快ではあるが前途の見通しもつかぬ（傍点筆者）戦争など始めることは、個人の場合と違い、いやしくも二六〇〇年無瑕の国体を思うならば軽々しくできることではない。たとい因循といわれ、姑息と評されても自分等にはそういうことはできぬ。いかに遠回りであっても安全第一、一〇〇パーセント安全でなければ戦争などは避けなければならぬと堅く信じている。そのころ、軍人の中にはこういうことをいうものがよくあった。日清日露の大戦争も一〇〇パーセント勝算があるなどということはあり得ないと。

余は(東條)陸相と会談の際、このことに言及し、伊藤(博文)、山縣(有朋)に日露開戦に当たって充分成算があったものと思う。(――中略――)日露開戦の前、明治天皇には容易に御決心がおつきにならなかった。当時の桂首相が今日こそは御聖断を仰ごうとした時に、伊藤公はこれを抑えて、もう一晩、御考えを願おうということにしたのであった。その翌朝、伊藤公をお召しになり、日露開戦において成算があるかとの御下問を賜わったのに対し奉り、伊藤公は少なくとも朝鮮には露軍を一歩も入れず、鴨緑江を壕にして一ヶ年間は持ち堪え得ること。一ヶ年間その地位を維持するうちには、第三国の調停を期待し得ること。第三国といっても英国はわが同盟国であり、仏、独はロシア側であって、頼むは米国の外にはないが、それにはただちにその工作に取りかかり、かつ成算もあること、という趣旨を奉答したので、陛下も御安心になって同日の御前会議で聖断が下ったのである。しかるに今度は、第三国というものがなくなるのだから、調停に立つものがなく、したがって前途の見通しは全然つかない訳である。それにもかかわらずこれに飛び込むということは国体ということを考えると、よほど慎重にやらねばならぬと思う、と話したのであった。(近衛文麿「平和への努力」日本電報通信社 昭和二十一年 九十四~六頁)

第四章——十二月八日の初霜

I

昭和十六年十二月八日(月曜日)の朝は、快晴だったが、肌寒く、そして霜が下りていた。

この日の朝七時に、大本営陸海軍部発表の臨時ニュースが流れた。

「大本営陸海軍部午前六時発表、帝国陸海軍部隊は、本八日未明、西太平洋において米英軍と戦争状態に入れり」

日本が太平洋戦争に突入したこの開戦のニュースは、午前七時以降くり返し放送された。また開戦ニュースのほかに、日米交渉の経過と対米通告の内容が二十分以上にわたって放送され、午前十一時三十分には、ハワイの奇襲作戦が初めて伝えられ、正午には宣戦の詔書が奉読され、ついで東條英機総理大臣の談話が発表された。さらに午後零時三十分には、マレー半島の奇襲上陸作戦の成功が報道された。

このあとも戦況その他の重要なニュースが次々と報道され、午後七時には、ふたたび宣戦の詔書奉読と、東條総理大臣の談話(録音)がくり返し放送された。午後九時以降には、ハワイ奇襲の戦果が放送され、八日のラジオ放送(現在のＮＨＫ)は、朝から夜の十二時まで、戦争関係のニュースと、レコードによる軍歌、行進曲でうずめつくされたのであった。

今ちなみに、八日の午前六時二十分以降のニュース放送の時刻とおもな内容を示すと、次のようになる。

○午前六時二十分、ニュース(香港に総動員発令)、○七時、時報・臨時ニュース(開戦の発表)、○七時十八分、臨時ニュース(開戦の発表)、○七時四十一分、ニュース(開戦の発表、米陸軍および香港の総動員発令)、○八時三十分(開戦の発表・臨時閣議)、○九時三十分、臨時ニュース(開戦の発表、日米交渉の経過と対米通告の内容)、○十一時(英砲艦一隻撃沈、米砲艦捕獲の戦果)、○十一時三十分、臨時ニュース(ハワイ奇襲作戦に成功、シンガポールほか爆撃）、○正午時報・君が代・詔書奉読、大詔を拝し奉りて（東條総理大臣）・愛国行進曲、○午後零時十六分、大本営陸海軍部発表、○零時三十分、政府声明朗読・ニュース（マレー半島の奇襲作戦の成功、香港攻撃開始）、○二時、臨時ニュース（防空実施下令）、○三時、臨時ニュース（防空実施下令）、○三時三十分、ニュース（防空実施下令、臨時議会召集、非常時金融対策に関する蔵相談話）、○五時、臨時ニュース（フィリピン・香港空襲）、○七時、時報・君が代・詔書奉読、大詔を拝し奉りて（東條陸軍大臣＝録音）、ニュース（ハワイ、マレー、フィリピン、香港の戦況）、○九時、臨時ニュース（ハワイ空襲の戦果・戦艦二隻撃沈・戦艦四隻・大型巡洋艦四隻大破など・タイ国進駐）、○十時、時報・今日の戦況とニュース（開戦第一日の戦況のとりまとめ）、○十一時、臨時ニュース（ハワイ真珠湾で米戦艦ウエストバージニア、オクラホマなど撃沈、タイ国進駐）、○十二時、臨時ニュース（ホノルル大混乱の模様）

こうして八日の臨時ニュースは十二回、それに午前一回、午後五回の定時ニュースを加え、ニュース回数は総計十八回に及び、放送時間は述べ四時間四十分に上った。[1]

この日の朝刊は、ハワイの奇襲作戦の成功を知らせるのに間に合わず、号外を刷って国民に知らせた。

大部分の国民は昼頃になって、ようやく太平洋戦争が始まったことを知り、お互いの合言葉は「大変なことになりましたね」であった。

そして新聞社の前には、ニュース結果がはり出され、人々の生け垣がつくられた。これで何となく、今まで半年間のもやもやした国民の鬱積はとれ、なっとなくすーっとしてすがすがしい気分になったというのが、当時の偽らぬ一般国民の感情であった。

しかし上流の知識人(とくにアメリカや欧州で長く暮らしたことのある人)は、「政府はとんでもないことをしてくれた。これで日本は負ける!」と心の中で思った人は、相当数に上ったといわれている。

Ⅱ

純子の通学していたK高等女学校では、翌日の午前九時から、全学生徒をあつめて校長の短い訓示があった後、各教科の授業が始められたが、授業に先立って、各先生から今回の戦争についての見解がそれぞれ披露された。

まず全学生徒に対して行なわれた野間校長の訓示はつぎのようであった。

「昨日の正午に発せられました宣戦の大詔にありますように、『――億兆一心、国家ノ総力ヲ擧ケテ征戦ノ目的ヲ達成スルニ遺算ナカラムコトヲ期セヨ(中略)、米英両国ハ残存政権ヲ支援シテ東亜ノ禍乱ヲ助長シ、平和ノ美名ニ匿《かく》レテ東洋制覇ノ非望ヲ逞《たくまし》ウセムトス(中略)、帝国ハ今ヤ自存自衛ノ為蹶然《けつぜん》起ッテ一切ノ障礙《しょうがい》ヲ破砕スルノ外ナキナリ……[2]』この戦争は、これまでわが国が誠意をもって米国と交渉にあたって来たにもかかわらず、相手側がわが国の真意を解さないばかりか、威《い》嚇《かく》的な行為に出たため、止むに止まれぬ結果として起こった戦争です。皆さんも、今日からさらに心をひきしめ、日本女性の婦徳、忠孝、滅私奉公、家族・同胞を愛し、礼節を重んじ、この戦争に協力し、断乎としてこの聖戦に打ち勝たなければなりません」

日中戦争に従軍した経験があり、この学校では武道・体育を教えていた田崎隆男教諭は、つぎのように語った。

「この戦争は、歴史はじまって以来の国家の存亡をかけての戦いだ。

諸君は、前線の将兵たちだけが戦争で闘っていると思ったら大間違いだ。米英には諸君と同じ年頃の女性が大勢住んでいる。これらの女性たちと闘っていることを意識してかからなければならない。かれらは、諸君たちに比べ、体格は立派だが、精神力や持久的な訓練に欠けるところがある。

日本には、心身を練えるためのすぐれた武道(剣道、柔道、薙刀)が発達しており、また精神力によって銃剣で相手を刺し、手榴弾を投げて相手を殺傷することができる。

今日からこの意気ごみで武道や体操を教える。諸君もこの意気ごみに従って、私について来たまえ」

つぎに東京師範（現在の学芸大学）を出て、この学校では代数と幾何を教えていた長山佳一教諭はつぎのように論じた。

「昔ギリシヤ人が言ったように、万物は数から成り立っています。数は色々な性質を持っていますが、私がこの戦争に勝ち抜くために指摘したいのは、皆が二乗の力を出して、勉強や仕事にはげんでもらいたいことです。例えば一人の人がいくら頑張っても、その人の努力は一にしかならないが、二人が力を合わせて仕事をすれば、四倍、三人が力を合わせて仕事をすれば九倍、六人の人が力を合わせて仕事をすれば三十六倍にもなるのです。

もちろん、人にはそれぞれの個性や、エネルギー、体力などに違いがありますが、しかし合力というものは、一人の数倍の力を発揮するものです。国民全体の一億がその力を発揮すれば、その力はまさに百倍にもなるのです。諸君はその意気ごみで勉強や労働に励んでもらいたい」

西組の担任で、東京高師（現在の筑波大）を出て、国語・漢文を教えていた笹岡良一教諭は、「万葉集巻二十」に出てくる防人《さきもり》の妻の歌を読み上げた。

「――防人《さきもり》に行くは誰《た》が夫《せ》と問ふ人を、見るが羨《とも》しさ物思《ものおも》いもせず――

――諸君はやがて結婚をし、日本を守っていく強い子女を育て上げ、そしていったん緩急あれば、お国のために尽くすという義勇心がなければならない。これから戦争もたけなわになってゆくだろう。そして将来、諸君の夫や息子さんが応召をうけた時には、絶えずこの歌を思い出してくれ給え」

同じく東京高師を出て、歴史と地理を教えていた新田進教諭は、つぎのように語った。

「皆さんもすでにご存知のように、十九世紀から二十世紀のはじめにかけての世界は、欧米が世界を制覇しようとし、弱小国を狙っては、併呑して植民地とし、そのためにいくたの戦争が繰り返されてきました。

今から約四十年前に起こった日清・日露の両戦争は、近代化をなしとげた日本に対し、清国とロシアが征服しようとしかけてきたために起こった戦争です。今回の大東亜戦争も英米の制覇をアジア大陸から追い出す目的をもち、ヨーロッパはヨーロッパ圏、アメリカは北・南米圏、アジアはアジア圏として勢力が均衡を保つのです。すなわちアジアでは、英米の勢力を駆逐し、アジアとしての独立を目ざすための戦いであり、五族協和や大東亜共栄圏の精神を生かし、日本が主力となって、アジア諸民族の欧米勢力からの解放ということに、今回の戦争における大義名分があるわけであります。したがってこの戦争が『聖戦』といわれるのも、実はここに意味があるのです」

津田英学塾(現在の津田塾大学)を出て、アメリカの大学院に留学し修士号をとってきた英語担当の斉藤工美子教諭は、自ら向こうで暮らした実地体験をふまえて、つぎのように話してくれた。

「世界地図をひろげてみればわかるように、アメリカは、日本の国土の約二十倍の広さをもっています。そこには英米人だけでなく、ヨーロッパからの移住者に加え、黒人、ヒスパニック、先住民族、さらにアジアから移住した日本、中国、韓国、そして東南アジアから来た人々がすんでいます。

これらの人々が、どのように団結し、こんどの戦争に協力するかが問題ですが、米国統首のルーズヴェルトは、挙国一致の政策をとって行くことになるでしょう。

それにしても驚くべきは、アメリカという国土がもつ資源の豊富さです。アメリカでの石炭の産出量は、日本の九・五倍、石油は日本の五百倍、鉄は十二倍で、アメリカは日本の七十八倍強の生産量をもっているといわれているのです。もちろんアメリカは世界を相手にして闘うでしょうから、主勢力は日本だけに向けられることはありません。それで日本は、その足りない分を南洋の資源に頼り、長い歴史をもつ民族としての誇りと、団結心、そして精神力と訓練によって、かれらの敵愾《てきがい》心を打ちくだいて行かなければばなりません」

東京物理学校（現在の東京理科大学）を出て、さらに東京音楽学校（現在の東京芸術大学音楽学部）で学んだという変り種の市川信吾先生（音楽と物理を担当）は、音楽と物理の現象には一定の法則的関係が働いているという主張を表面に出した授業を行なった。

「音楽でハーモニーということばが使われますが、ハーモニー（調和）とは、かつては宇宙を統制する力であったのでした。昔、音楽は〝多数性〟としての数を取り扱い、幾何学と天文学は、大きさとしての数を取り扱いました。すでにギリシヤのピタゴラスは、音の調和の関係が数で表わされることを発見したのですが、ニュートンはこれをさらにすすめて、音のハーモニー（オクターヴ）は、音楽ばかりでなく、スペクトルの色にもハーモニーがあることを発見したのでした。さらに、物体の振動数は、物質、形、粒子の大きさによって決まると主張したのです。

ニュートンは、このことから出発して、宇宙・天体もハーモニー（調和）の原理によって動かされていると主張しました。人類の社会にも、この調和・ハーモニーがいかに大切で、人々に快い感じを与えるか、戦争がたえずこの調和やハーモニーを破壊する凶器となっているのではないかということです」と結んだ。

奈良の女高師（現在の奈良女子大学）を出てから東京文理科大学（現在の筑波大学）で生物

学を専攻した小関京子先生は、つぎのような授業を行なった。

「人間の体は、精子と卵子の結合によってつくられます。男性の生殖器でつくられる精子は細長い棒状をなし顕微鏡でなければ見えないメダカのような格好をしていて、とてもよく運動します。卵子は母体の中にでき、円形をして精子をうけ入れる大きな容積をもっており、じっとして動きません。精子はたえず外に向かう衝動をおこし、これが男性的性格をつくります。卵子は内に向かう受動的な性格をもつ根源であるといわれています。

精子が卵子の殻を破って侵入すると、今まで静かだった卵子は急に衝動をおこし、無限の円環運動をはじめます。

この過程の中で精子と卵子の合体によって母体の中に胎児ができますが、最初の五週間くらいは性的な区別は認められません。五週間をすぎると、分化の過程からはじまり、両性に共通していた生殖器官のうちの一方にむかって発展し、ここに全個体の性が決定されます。しかし、性の区別は単に生殖器官のみに限られるのではなく、生殖腺の分泌、筋肉の発達などにより体型ができ、いずれかの性が決定されるのです。

しかしこれは最終的な性の決定者ではありません。なぜなら、男性的なすべての性質が女性の中にも見出され、女性的な性質が男性の中にも存続して行きます。この事実は、明らかに人間の性は複性であることを示しています。

生む機能をもつ女の身体的構造は、男性に対して、高度の被傷性(こわれやすい性質)をもっています。

二十八日目に生ずる卵巣面の裂傷、月経の過程、さらに処女膜の被傷性、懐妊、出産、産褥は、決して他人には譲り渡し得ない女性の被傷性を高度に表現するものです。

かつてロンブロゾーという心理学者が言ったように、子孫の生殖と繁殖は、その全生涯を、新しい生命のために捧げる存在者なくしてはできません。この役割をひきうけるものが、人間においては母となります。概して男性的なものは、変化、刺激、行為、形成の原理であり、女性的なものは、保持、受容、理解、具体化の原理をさしています。こうして人間は男性と女性の総合なのです」

東京美術学校(現在の東京芸術大学美術学部)を卒業して絵画・工芸を教えていた池辺達夫教諭は、美術と戦争の関係をつぎのように説明した。

「絵画や彫刻の題材となるものは、吾人の日常生活のどこにでも存在するのです。芸術というものは、その現われた作品のどこかに、日常にありふれたものと違った美しさを見出すことができるものです。

皆さんがこれまで慣れ親しんできたもの、たとえば静物画や風景画、人体画(着衣の画と裸体画)は、その中のどこかに美の特徴を表わしているものでなければなりません。

人体というものは、自然の一部であって、自然そのものが調和のとれた美しさをもっている以上、人体の各部にも、それを見出すことが出来ます。皆さんの顔の各部や腕、肩や背中、胸部、脚などそのどこを取っても、その中には美が秘められているのです。ひるがえってバレーやダンサーの踊りは、その動きのリズムの中に美が見出され、また人間の世界のカオス(混沌)とした状態の中にも、たとえば戦争(勇ましく闘っている人間の姿、運動、行進している人間の姿、働いている人間の姿)のいずこにも美を見出すことができます。とくに絵画・彫刻の芸術とは、吾人をとり巻いている世界がいかに美しくあるかを表わそうとした人間の創り出した発明品であるとも言うことができるのです」

東京女子高等師範(現在のお茶の水女子大学)を出て、有機化学と裁縫・家事を教えていた山田好美先生は、裁縫や戦時下の栄養学について、つぎのように語った。

「人間の体にぴったりと合わせるために作られた衣服、食事をはじめとして家庭内でのお掃除は、私たちのご先祖様がつくり出した知恵なのですが、それらがきちんと寸法通りに、規律正しく、そしてお料理の場合はちょうどよい味加減につくられているものです。

ですから裁縫にしても、料理にしても、これは私たちの手と頭をつかわなければなりません。一つ一つがきちんと精密にデザインされ、それが徐々に組み合わされて、一枚の衣服、お料理の一品ができるのです。現在戦時下で、とくに衣服をつくる材料や、食べ物の素《もと》をなす栄養素がとかく不足しているといわれています。このような状況下で、どんな材料をどんな具合に組み合わせてつくったらよいかを、科学的に分析してみること、たとえば食品にどういった種類のビタミンや蛋白質、脂肪や澱粉が含まれているかを分析し、どういう食品のとり合わせで、人間の体力のエネルギー源となるカロリーが出来るかを算出していくこと、これが戦時下栄養学の基本となるのであります……」

開戦の日の翌日、各先生の授業はひきしまり、それぞれの担当の先生によって行なわれた授業は、年頃の乙女たちを納得させるだけの十分な説得力をもったものであった。

昼休みに、数人の仲間があつまって各先生の授業の合評会を開いた。

体が大きく、体操や武道の得意な藤原千代は、とくに田崎教諭の話が気に入ったらしく、こう話した。

「わたしは、勉強はできないけど、腕力や体力は人一倍あると思っているわ。アメリカ、イギリスの女も、ただ図体が大きいだけで、技《わざ》がないと思うよ。わたしはこの技をつかって、アメリカ・イギリス人たちを五、六人くらい、すっとばしてやりたいと思うの」

他方、背が低く、小柄だが英語が得意で、将来外国で仕事をしたいと思っていた岡本よし子は、「わたしは、斉藤先生の話にもっとも感動したわ。このままだと日本はきっと負ける」と言い張った。

これに水をさすように、外交官の娘で欧米暮らしの長かった(当時の帰国子女の第一号)岸本登志子は、「わたしは岡本さんの意見に賛成。絶対に日本は勝てるはずがないわよ」と言った。

三国同盟に反対だった海軍の将官を親戚に持ち、日本の国力と欧米の軍事力に雲泥の差を知らされていた田中安代はこういった。

「ドイツの尻馬に乗っているだけよ。今の日本は、ドイツ一辺倒でしょう。ドイツが破竹の勢いで欧州を制圧しているので、日本もあの真似をしてみたいのよ。強がりを言って政府はドイツの戦力を過信し、アジアをドイツのように征服してみたいと思っているのよ」

数学の苦手な谷口君枝は、つぎのように言った。

「今日のあの代数の先生のアホらしい話ったらありはしない。どんな人間だってそんな力がだせるわけがないじゃない。老人や病人、子どもも沢山いるじゃない。あの先生の話はアホだっていうことくらい、私にだってわかるわよ——」

この中で一番冷静な判断を下したのは、級長をしていた佐々木ふみ子だった。

「日本は中国と四年間も戦争をしていて国民は疲れきっているじゃないの。それに加えて世界最大の強国アメリカと戦争するなんて……。この戦争で国民は疲労困憊《こんぱい》し、国は亡びると思う。早くアメリカと講和を結ばなければ駄目よ。そして早く平和な時代がくればいいと思う」といった。

他方、武藤勝子は、音楽と物理を教えていた市川信吾先生の話に深く感動した。自らピアノを巧みに弾きこなし、将来ピアニストを志望している彼女にとって、市川先生が話したことが、何か自分の将来の生活や世界観を築いていく上に、大変参考になるのではないかと思った。

調和とハーモニーの世界をつくることこそ、理想としなければならない。そして自分は音楽を通して、それを実現させなければならないのだという感をつよく抱いたのであった。

これに対して川田純子は、どの先生の授業にも一理あり、感動をおぼえたが、とりわけ生物の小関先生の授業に深い感銘をうけた。

「――人間は生物学上二つの性をもって生まれてきた。私に、男性的なところってあるかしら。となりに座っている勝子さんは体格もいいし、男まさりの男性的な女性。あの人に女性的な性格ってあるのかしら。私の体には、女性的なものしか授けられていないように思う。

戦争は元来、野蛮で男同士がする喧嘩みたいなもの。こんなものに、私のような者がどうして協力出来るのかしら。女として生まれてきたために、環境の力で男性的になるなんて、出来っこないじゃないの。すると私は非国民ということになるのかしら。みんなこれから頑張ろうといっているのに、私にはとても出来そうもない。私はどうしたらよいのかしら?」と自問してみたのだった。

Ⅲ

太平洋戦争勃発の第一日目から、相つぐ臨時ニュースによるわが国の陸海軍の勝利が巷に伝えられると、国民の興奮と戦争支持熱は、いやが上にも高められた。

皇居の二重橋前の広場には、開戦を知った国民がつめかけ、中には土下座して宮城を遙拝する者もあったという。各地の神社や寺院では、内務省や神祇《じんぎ》院の指示により、戦勝祈願の臨時大祭や大護摩供養が行なわれ、お参りの人が絶えなかった。

官庁の建物には、「屠《ほふ》れ米英我等の敵だ」「進め一億火の玉だ」などのスローガンを書いた垂れ幕が下げられ、繁華街は、千人針を手にして立つ婦人の姿もふだんに比べて多くなっていき、夜になると灯火管制がはじまった。また、大政翼賛会を中心とした官製の国民運動団体や帝国在郷軍人会、国防婦人会などの教化団体は、いっせいに「米英撃滅」や戦意昂揚のための大運動を展開していった。

十二月九日には、各種の大会、講演会、デモ行進などが全国にくり広げられて行く。十二月十日の早朝は、ラジオによる隣組常会が一斉に開かれ、大政翼賛会中央協力会議議長の提唱による「家庭も戦場、われわれは戦友、戦時生活戦に勝ちぬこう」とよびかけ、東京では在郷軍人会主催の米英撃滅大会が、都内の八ヶ所に二十万人を集めて行なわれ、午後からは、帝都新聞通信八社主催の「米英撃滅国民大会」が、後楽園球場で行なわれ、超満員になる程の聴衆がつめかけた。

ついで同日の午後四時二十分、ラジオの臨時ニュースは、マレー半島の東海岸で、イギリス東洋艦隊のプリンス・オブ・ウェールズ号を撃沈し、巡洋戦艦レパルス号を轟沈したというニュースをつたえ、国民はこの大戦果に狂喜した。

こうした戦果が発表される時には、海軍の「軍艦行進曲」や陸軍の「分列行進曲」、そして明治時代に唱われた「敵は幾万ありとても……」が、大本営陸海軍部発表のテーマ音楽として流された。

昭和十七年（一九四二年）一月二日、東條内閣はこれまで日中戦争開始以来毎月一日に実施されていた「興亜奉公日」を廃止し、毎月八日を「大詔奉戴日」とすることを閣議で決定した。この日は、全国民が宣戦の詔書を再読し、戦争完遂のための決意を新たにするための儀式や行事がとり行なわれた。

十六年の十二月二十五日には香港が陥落し、十七年の一月二日にはマニラが占領され、同年二月十五日にシンガポールが陥落、三月八日にはビルマ（現ミャンマー）のラングーンが占領され、南方作戦は十七年三月の上旬まで成功しつつあった。そのたびごとに国民の戦争支持熱は高まり、とくに二月十五日のシンガポール陥落に際して、政府は二月十八日、戦捷第一回の祝賀式を挙行した。すなわち十八日には、未明から東京の靖国神社や各府県の護国神社に参拝客が相つぎ、ブラス・バンドの伴奏とともに、軍艦マーチや愛国行進曲などが高唱され、旗行列はいたるところで行なわれた。首相官邸や陸海軍省には市民や生徒が押しかけ、東條首相は笑顔をもって迎えた。

一方、宮城の二重橋前には、数万の群集が集まり、昭和天皇が愛馬「白雪」に乗って二重橋前に現われると、「天皇陛下万歳」のどよめきがおこり、やがて「君が代」の大合唱に変わり、天皇は再三にわたって挙手の会釈をもってこれに応じた。[3]

この戦争の初期の状態を、武藤・川田の両家ではどのように受けとめたか。

欧米の黄禍論の支持者であった退役軍人の武藤大将（元陸軍大臣）は、緒戦の序幕は上出来であると賞したが、この戦争は東洋の解放戦であり、新東洋の建設戦でもある。これからが本格的な戦争となるので、油断は大敵、勝って兜《かぶと》の緒をしめなければならぬといって戒《いまし》めた。

開戦以来、武藤家には多くの訪問客がつめかけたが、今度の戦勝で、世の中が明朗になったことは大変結構なことである。また前途に光明を見出したようで、楽観論者が多く、悲観論者が少ないことも結構だが、日本が白人連合に単独に背い込み、十年も戦いぬくほどの国力があると確算しているのならば結構だが、自分は悲観的材料となるものを多く持っているので、前途の楽観を許さないものがある。よろしく検討・工夫して政治・外交が軍事に引きずられないようにすることを切に願うものである、と話していた。

また家族の者に対しては、「日本の陸軍が英米のそれに負けるとは考えられない。海軍も英国の主力が大西洋・地中海方向に拘束されている限りは、米国の主力と英国の一部が統合して攻めてくるだろうが、これに対して迎え撃つわが海軍が劣るとは、考えられない――。

これまでの成績をみると、海軍のお手際は、予想以上の好成績を収めたようだが、自分が心配しているのは、国力の対抗戦争にある。今回の連戦連勝は、この心配を多少緩和したとはいえ、なおこれからのことがあり、やはり憂慮すべき点が多い。花ならば、ちょうど今が見頃時とならなければよいが……」と話していた。
他方、川田家では九日の日、純子がやや興奮した趣きで家に帰ると、父はすでに帰宅しており、「こんどの戦争は長期戦になる恐れがある。だから純子も体に気をつけて、健康を回復し、いざというときには国にご奉公できるような態勢を整えておかねばならないな」と諭《さと》した。それをそばで聞いていた母の静子は、「純ちゃん、『ハリバ』と『エビオス』をちゃんと飲んでいますか。どちらも強力なビタミン剤となるのですよ」といって注意をうながしたのであった。

注1　日本放送協会編「日本放送史」上　昭和四十年　五六三頁
注2　宣戦の大詔には「蘭印」が欠落していた。なお残存政権とは蒋介石政権をさす。
注3　木坂順一郎「太平洋戦争」昭和の歴史　7　小学館　昭和五十七年　六一～四頁

第五章——野末に匂う武士道

I

国民の大半が戦勝に酔った緒戦の勝利がつづいたのは最初の数ヶ月で、米軍はその後、兵力を本国やオーストラリアから補充をうけ、両軍の混成部隊によって反撃の攻勢に出て来た。

わが海軍における最初の敗北は、昭和十七年の六月五日から七日にかけて行なわれたミッドウェイ沖海戦で、ここではわが方の主力航空母艦四隻が撃沈され、戦艦一隻が大破、巡洋艦一隻が撃沈、一隻が大破、駆逐艦二隻が甚大な損傷をうけ、海軍将兵の三千五百名が犠牲となったが、実際の大本営発表は、航空母艦一隻喪失、一隻大破、巡洋艦一隻大破、未帰還機三十五機とした。

ミッドウェイ沖海戦につづいて大敗北を喫したのは、十七年八月から十二月にかけて行なわれたガダルカナル島作戦である。すでに太平洋各地に兵力を分散させていた日本軍に対し、米軍は兵力をこの拠点に集中し、新鋭のオーストラリア軍を交えて海軍の両面から猛烈な反撃に出て、日本軍は食糧を断たれた後、不順な熱帯気候に悩まされ、マラリアや赤痢にかかる者が続出し、それに餓えが加わって兵力の約半数が戦病死した。そこで大本営は止むなくガ島の撤退を命じた(昭和十七年十二月三十一日)。

戦後に発表された防衛庁戦史室などの資料によれば、日本軍の上陸兵力は三万千四百名のうち死者二万八百名、このうち純戦死は五千ないし六千名で、残りは餓死とマラリアによる病死であった。また艦艇二十四隻、航空機九十三機を失い、搭乗員の戦死は二千三百六十二名であった。これに対し連合軍がつぎ込んだのは、陸海の総合兵力六万名のうち戦死者千五百九十八名、戦傷者四千七百九名、艦艇二十四隻であったという。

こうした状況に対し内地では、東條首相の力説するモノに対する人の訓練を重視した演説が新聞の社説に載ったりして、人々を煙に巻いていた。

そして学校では体育・武道が強要される傍《かたわ》ら、あの緒戦の勝利にわいた熱気は次第にさめて行き、昭和十七年の中葉ごろから戦況がはっきりと伝わらなくなり(大本営が「戦果」として発表したものは、欺瞞に満ちたものとなり)、国民の士気は次第に灰色に変わっていった。

このミッドウェイ沖の海戦の敗北と、ガダルカナル島の撤退は、まさに太平洋戦争の勝敗の旋回点となったのであった。

Ⅱ

太平洋戦争が始まる二ヶ月前、文部省は、中等学校・高等女学校に対する「臨時措置令」を出し、毎年の三月卒業を三ヶ月繰り上げて、卒業の時期を十二月とし、一月から三月にかけては、軍設の会社や工場などの勤労動員にあてること(いわゆる学生報国隊——のちに学生の勤労動員の前ぶれとなる)を、全国の中学、高等女学校に通告し、勤労奉仕をしない者は一月に就職させる。そして家庭でぶらぶらさせることを禁ずることを通知した。また未婚の女性で満十六歳から二十五歳までを、青年国民登録として、みな市や区役所に登録させせた。

太平洋戦争がたけなわになるにつれ、女子にも武道・体育の時間をふやして週五時間とし、主として薙刀や、女同士の背負い投げなどの訓練を実施し、これをK高女では武道・体操の田崎先生が中心となって行なっていた。

とくに「薙刀」は、女性の護身術として、中世に武家社会が誕生してからは、各家庭でも訓練・実施され、女学校では正課として行なわれた。

こうしてある十一月のうすら寒い朝、体操・武道の得意な藤原千代と、武士の娘として長年の稽古を重ねてきた武藤勝子がクラスを代表して薙刀の実演を体育館でやって見せ、クラス一同は固唾をのんでその模範仕合いを見守った。

藤原千代が仕太刀(薙を打つ方の人)となり、武藤勝子が受太刀(太刀を受ける方の人)となった。

二人は白鉢巻をし、白地の半そで状の木綿の薙刀用の衣服をつけ、紺の袴をはいて素足で体育館の中央に現われ、一本目(切止めと呼ぶ)から十九本目(抜止めと呼ぶ)までを見事にやってのけた。

まず折敷《おりしき》の礼(右脚を折りまげて尻の下に敷き、左膝を立てた身の構えによる礼)をかわし、ついで千代の方は立って薙刀を右の脇の下にかかえ込み、左手は指を揃えて左胸においた。

受太刀の役となった勝子は、立ち上がって左足をやや引いて薙刀をふり上げる。

ついで千代は振り返して左足を大きく一歩ひき、勝子側の受太刀の左脚を切った。

勝子は直ちに中段より右足をやや引いて、上段に構え、「ヤッ」と言って、相手の薙刀が左脚にくる時に、右足を左足に寄せ、左足を引いて脚を受けた。ここで「エイッ」のかけ声が両方からおこった。勝子は脚を受けた太刀を上にあげ、自分の面を保護し、足を交代して面をうけた。「トー」の叫び声が双方からおこる。

ついで袈裟《けさ》切りというのが行なわれ、薙刀(千代)は受太刀が面を切った太刀を上段に上げ、右足を一歩引き、受太刀が脚を切りにくると同時に、右手で刀の後方を握って、左足を上げ、右肩を斜め横にして相手を切る。これに対し勝子は相手の面を切った太刀を上段に向かわせ、左足を大きく一歩進め、同時にひざをかがめて相手の左脚を切る。これで一本目が終了し、クラス一同は拍手をおくった。

ついで二本目の甲手落としがはじまる。

千代が薙刀を振り返して左足をひき、受太刀の左足を切る。勝子の受太刀は、中段から右足をひいて上段に構え、「ヤッ」と叫ぶ。足を受けるときに、互いに「エイッ」の叫び声があがる。

ついで千代は、薙刀を振り返し、足を交代して相手の右足を切る。受け手の勝子は足を交代してそれを受けた。ここで互いに「トー」の叫び声がおこる。

つぎに甲手二本の番。千代は薙刀を振り返し足を交代して、受け手が面を受けた甲手を、薙刀の刃を上にして下より切り上げる。これに対し勝子の受太刀は、右足を左の方へ少し開き、右足を左足の後に引いて、薙刀をかるくおさえる。互いに「エイッ」の気合いが入る。

ついで勝子の受太刀は右足を大きく一歩引き、左足も共に右足の前まで引くと同時に太刀を下げる。千代は薙刀を繰り出すと同時に、左足を大きく一歩すすめ、右足も共に左足の後ろまで進めて、相手ののど部を突く。互いに「トー」の叫び声がおこる。ここでクラスの全員は拍手喝采をおくる。ついで両人とも薙刀・太刀をおさめて残心(あとの構え)を示し、これで二本目はおしまい。

三本目は膝折である。

脚二本、面二本を終えた後、千代が薙刀を振り返して足を交代すると同時に、ひざかがみで相手(勝子)の左足を切る。受太刀(勝子)は、足を交代して左足を受ける。互いに「エイッ」の叫び声。ついで千代は薙刀を振り返し、足も交代して、ふたたびひざかがみの状態で相手の右足を切る。受太刀(勝子)の方は、足を交代して、右足を受ける。互いに「トー」の合声がおこる。

ついで千代は薙刀を振り返し、足を交代して面を三本切る。勝子の受太刀は足を交代して面を二本受け、三本目の面の時は受けずに薙刀の面を切る。これを相打ちという。この時、互いに「エイッ」「トー」「エイッ」の合声がおこる。

ここで残心（休憩）が入り、生徒たちは拍手を送る。

四本目は胴切りである。

千代は薙刀を振り返して左足を引き、刃を横にして相手の胴を切る。勝子は太刀を中段より右に少し引き、上段の構えをして「ヤッ」という。薙刀が胴にくる時に、右足を少し右に開き、左足を右足の後ろへ引き、鎬《しの》ぎによって受ける。この時、「エイッ」の声が発せられる。

五本目は胸構え。千代は薙刀の中ほどを両手で持ち、ななめ上に上げ、その先が相手の左眼に向けられるようにする。これが突く方の胸構えになる。受け手の勝子は太刀を中段におき、左足を少し引き、「ヤッ」と言うと同時に右足を引き、太刀先を後ろへ倒して構える。ここで互いに「エイッ」と喚声《かんせい》がおこる。ついで相打ちが行なわれ、千代が薙刀を上段におき、同時に右足を左足に寄せて交代し、受け手の正面を切る。勝子の受太刀は右の方から上段におくと同時に、左足を引いて交代し、相手の正面を切る。こうして互いに相打ちの場面ができる。声は互いに「エイッ」と発せられる。

このようにして、仕合いはますますはげしさを増し、十七本目（柄止め）、十八本目の水車(はげしい打ち合い)、そして最後の十九本目の抜止めまでつづいて行なわれ、これで終了。千代と勝子は全身が汗でびっしょりになった。

この約一時間もつづいた熱演を、女生徒の観衆は、あたかも男子たちのチャンバラ劇を見るかのように、手に汗を握りながら観戦し、純子も、日本にはこんなすばらしい女同士の闘技があったのかを更《あらた》めて見直し、あとで勝子の汗をふいてやった後、つぶやいた。

そうだ。戦時下の女は、こうした武術のような業を、はげしい訓練によって、身につけなければならないのだ……。薙刀は相当の技量と訓練を必要とする。体の弱い私にはちょっと無理だ。しかし、狙いを定めて打つ弓術ぐらいはできはしないだろうか。そうだ、最近、父がよく庭で練習している弓術を父に教えてもらおうと、この時、決心したのだった。

純子は家に帰るなり、今日あった勝子と藤原千代の薙刀の仕合いについて父の菊雄に話した。

「ねえ、お父さま。私も弓術くらい、なんとかできるようになりたいのよ。ちょっと私に教えて下さらない?」と尋ねた。

菊雄は純子のような華奢な体では、とても弓術なんか出来っこないといったような表情で聞いていたが、純子があまりにもせがむので、「よし。それじゃ、ちょっと教えてやろうか」といって重い腰を上げた。

翌日の日曜日の朝、日がほんのりと照っている中で、紺の和服姿に袴をつけ、白足袋に草履をひっかけ、物置から数本の矢と弓を持ち出してきた菊雄は、物置のすぐとなりに設けられてあった仮の弓道場に立った。

そして左肩の上博を露《あら》わにし、古武士のような厳《いか》めしい顔つきで、太い眉毛だけが八の形型に下がっている菊雄は、五メートル先にある直径五十センチほどの白地に黒のうず巻き状の模様をなしている標《まと》に向かって、思いきりつるを張り、精神を集中させ、一本目の矢をさっと放った。

一本目は標的から十センチほどはなれたところに当たったが、二本目、三本目と打つうちに標的の近くに当たるようになり、四本目に、ようやく的の中心部につき当たった。

「どうだ、やってみるか」と言って、菊雄は弓と矢を純子にわたした。

紺がすりの和服に黒おびをしめ、素足に草履をはいた純子は、父にならって左側の上博を出し、丈が二メートルあまりある弓をはじめて持った。それは細い体の純子にとっては、結構重く感じられ、しばらくドキドキする胸さわぎが落ちつくのを待って狙いを的に向かって定めた。全身の力が集中するのに約十分。矢は放たれたが、標的から約二十センチはずれたところにぐさっとつきささった。二本目、三本目もはずれ、四本目になって、十二センチはずれたところに当たり、五本目、六本目と的から六、七センチはずれたところの黒いうずまき状の円の環の中につづけさまにつきささった。

菊雄は最初笑いながら見ていたが、書斎での仕事があるのでさっさと家の中へ入ってしまった。弓をひくのが、始めての純子にとっては、何となくすがすがしい気分が味わえたようだった。が小一時間もこれに集中したため、結構つかれてしまった。

急いで弓と矢を物置に片づけ、洗面所で肌ぬぎになって、汗ばんだ体をふいた。その興奮した頬も紅潮し、白い華奢な体も、何となく血が通っているようにほんのりとした紅色に見えた。胸には相変わらず分水嶺をなして走っている青い静脈がみえたが、いつもだらりと下がっている乳房が、この時は緊張して上むきになり、肩や細い腕の筋肉に少しはりが出ているようにも感じられた。

弓術が終わったあとのすがすがしい気分はしばらくの間つづき、あとの家事を手伝ったり、勉強したりするのに能率が上がるようにも感じられた。

しかし夕方になると体がだるくなり、微熱が出はじめ、翌朝になるとさらに高熱が出たので、その日は母に学校に電話をしてもらって、学校を一日休んでしまうという破目に陥ったのであった。

Ⅲ

昭和十七年の中葉ごろから、大本営発表はあまり行なわれなくなり、国民の士気を阻喪させる外地における不利な戦果はことごとく隠蔽された。緒戦の勝利に酔った国民は、相変わらずわが陸海軍の戦闘はうまく行っているのだろうと推測し、かつて日清・日露の両戦役に従軍した人や、その時代に育った人々は、この日清・日露の両戦役の時の思い出や回想にふけるのだった。

武藤家では、啓吉が、日露戦役の時、第一軍の参謀として朝鮮の仁川に上陸し、ロシア軍と戦った体験をもつ人だけに、今回の戦争についても杞憂の念は、絶えず脳裡からはなれなかった。

あの時、朝鮮の一部と満州の南部だけで日本から駆り出された兵士の数は百二十万人、そしてわずか一年あまりの戦争に、戦死者十一万八千人、戦病死者八万から九万をこえ、日本海海戦のような大勝利はあったものの、二〇三高地の激戦だけで、ロシア軍と同じくらいの戦病死者(日露各二万人)を出し、最後に行なわれた奉天(瀋陽)の大会戦では、日本側の戦死者一万五千六百八十三人、負傷生死不明五万二千八百二十八人を出している。[1]

こんどは太平洋全域にわたって兵を送り込んでいる。そして十七年の後半は、すでに西太平洋側は米国が制海権を奪取しつつある。そうすれば、米国の艦船によって包囲され、周囲に散らばっている日本軍は孤立無援の状態になるのではないか。そして米軍は、これらの島々を奪取して、次第に北上してくるのではないかという懸念が、武藤の脳裡からはなれることはなかった。

南方方面（東南アジア地域）は、現在は日本軍の軍制下におかれているが、米軍とオーストラリア軍の北上によって、これらの地域が攻撃され、やがて覇権が、かれらの手に渡り、南洋方向からわが国に運ばれる物資の輸送が遮断され、また日本から送る兵力や軍事物資が届かなくなり、連合軍はこれらの輸送ルートを遮断して北上をつづけ、西太平洋の占領地を拠点として、日本本土に空襲や艦砲射撃を加えてくるのではないかというのが、武藤大将のもっとも危惧したところであった。

また実戦地において部隊長や指揮官として立ったことのある経験から、何よりも一番肝心なことは、部下の戦闘士気を阻喪させないこと、絶えず部下と艱苦《かんく》を共にすること、とくに弾丸が雨あられのように飛んできて生か死かの境い目となる戦場においては、部下の目的を達せんとする意志をくじかないようにすること、とくに兵団内の心理的な信頼関係を大切にすること、そして身の危険をさらしても上官としての責任をとり、勇断をもって事にあたること、軍隊としての士気を窮地におとしめるようなことがあってはならないこと、また生命の危険がせまった時には、臨機応変の処置により、死傷者を出来る限り出さないようにし、大敵と向かうことを避けることなども、思い起こされた。

それでもなお、前回の戦争では、敵と劣るに足りない多くの戦死者、そして多くの戦病死者を出したことを、新たに思い起こさなければならなかった。

シベリアに近い満州では、寒冷の地であり、衛生もわるく、チフス、赤痢、凍傷などの患者が多く出たこと、気候条件が、戦闘の士気に大きく影響したこと——。

今回の戦場は南方方面であり、したがって酷暑と冷雨がつきまとう場所でもある。こうなると、兵士たちの健康と疾病、マラリア、コレラなどの伝染病があり、この結果が、戦闘の士気を低下せしめる。

内地と異なり、いくら精神力と訓練をつんだ兵士であっても、体力の消耗、そして兵《へい》站《たん》が不足している時には、これが決定的な士気の低下を招く。そのような結果、十分な戦闘が出来ずに餓死などによる無駄死がおこる恐れがある。現にガダルカナル島では、これが現実におこり、「ガ島」は「餓島」とさえ言われた位であった。

これらの杞憂が、つねに武藤啓吉の念頭からはなれることはなかった。ときおり参謀本部にいる部下の現役将校や、在郷軍人会から得た情報によって、これらのことはすでに耳に入っていたのであった。

他方、川田教授は、自ら従軍の経験はないが、五つ年上の兄を二〇三高地で失っている。

当時の戦争が、一般には美談として語られている以上に残酷無比であって、敵味方の兵の殺戮の場面は、まさに言葉には表わしつくし得ないものがあったことを、現地から帰った帰還兵から聞いたことがある。

この戦争は、ある見通しのついたところで休戦・講和を申し込んだ方がよい。すでに国民の生活は、困窮の一途をたどっている。この状態が長くつづけば、日本国内は、ドカ貧に陥り、奈落の一歩手前にまでくるのではないかと予想していた。

ご婦人たちの防空演習などの行事は、昭和十六年から行なわれていたが、敵機がどっと来て大空襲を行なえば、こんなものはいっこうに役立たず、人、物ともどもに一挙に塵介に帰してしまう。こんな生ぬるいやり方では、とうてい役立たないどころか、砲煙の中にまき込まれて死んでしまうのが落ちではないかと推測していた。

昭和十七年は、三十七年前の日露戦争の思い出や、勝った時の歓呼や、旗行列のような戦勝の時の気分や追憶を思い起こさせる余裕が、まだあったといってよい。これが昭和十七年の後半ごろに流行した一般大衆の雰囲気でもあった。
昭和十八年に入ると、そんな悠長な気分はもはや感じさせなくする大事件がつぎつぎと起こり、国民を一段と緊張・深刻にさせる不利な戦況の場面がぞくぞくと到来したのであった。

注1　大江志乃夫監修「日露戦争軍医の日記――加藤鍵之助の記録」ユニオン出版社　昭和五十五年三十一頁。

第六章——愛と死・ロマンを語る

I

昭和十八年(一九四三年)という年は、太平洋戦争・欧州大戦においてさまざまな大変化が生じ、連合国側の勝利をさらに決定的なものにした年であった。この年の一日は、去年(昭和十七年)の十日分くらいの早さで動き、今年の一ヶ月は、昨年の一年以上にも相当するといってもよいくらい、連合軍側の反戦が相ついで成功を喫し、枢軸軍側が急速に後ずさりをしていった年でもあった。

その筆頭は、真珠湾作戦の立役者であった山本五十六連合艦隊司令長官の戦死に関する悲報であった。山本長官はこの年の四月十八日、西太平洋孤島のラバウル空港をたち、最前線で戦う将兵の士気を鼓舞するためにブーゲンビル島の南沖合いにあるバラレ島に向かったが、山本機の飛来を暗号解読によって知った米軍機は、これを迎え撃ち、撃墜してしまった。

これを知った大本営は色を失い、国民の士気をくじかないために、発表を約一ヶ月間遅らせ、五月二十一日に行なった。これをラジオ・ニュースや新聞で知った国民は、失望・落胆と同時に、はげしい敵愾心をまきおこす結果になった。

それから十日を待たずして、北方アリューシャン列島の一孤島アッツ島の守備隊山崎大佐以下二千六百三十五名が、一万二千名の米軍の大包囲をうけ、孤立して全員が玉砕するというニュースが伝えられた。山本元帥の戦死から日が浅かっただけに、国民の失望はさらに重なり、「山本元帥、アッツ島の忠魂に続け」と書いたポスターが、工場や官庁、学校などの各職場に貼られ、人々の士気を鼓舞した。

他方、ヨーロッパ戦線も風雲急を告げ、七月十日、米軍がシシリー島に上陸、イタリア国王とバドリオ元帥が軍の上層部と結んで、ムッソリーニのファシズム政権を倒し、九月八日連合軍に無条件降伏をするに至った。

東部戦線では、ソ連軍が反撃を開始し、キエフを奪回、スモレンスクまでドイツ軍を追い返し、ドイツ軍は双方から後退することになった。

さらに十月十九日から三十日まで、米英ソの外相会議がモスクワで開かれ、十九年(一九四四年)の五月一日に連合国のノルマンディ上陸作戦が行なわれることが確認され、ソ連は東部戦線で大攻勢に出て、スターリンはドイツを倒した後に、対日参戦を行なうと言明した。

また十一月二十二日は、米、英、中の三国首脳会談がカイロで開かれ、蔣介石は宋美齢夫人を伴って同地を訪れ、日本の中国侵略に止《とど》めをさす問題が論議され、日本が第一次世界大戦後に奪取・占領した太平洋の諸島を争奪すること、日本が盗み取った満州、台湾、澎湖諸島を中華民国に返すこと、朝鮮の独立、そして日本が無条件降伏するまで闘い抜くことを話し合った。

こうした連合国側の巨頭会談による発表を、東條内閣は「笑止」と受けとめ、アジアでは十一月五、六日の二日間にわたり、東京で東條首相の主催による「大東亜会議」が開催された。

アジアではすでにビルマ(現ミャンマー)でバーモーの率いる臨時政権が独立し、同じくフィリピンではラウレルがフィリピンの独立を宣言、同じころ、インドのチャンドラ・ボースが独立運動をおこしていた。これを機会に、大東亜会議は、中国(汪兆銘)、満州国（張景恵）、ビルマ（バーモー）、フィリピン（ラウエル）、タイ国（ワンワイ・タヤコン）、インド（仮代表としてチャンドラ・ボース）の各首脳が東京に集まり、同会議は国会議事堂で開かれ、「共存共栄の秩序の建設」「大東亜の親和の確立」「大東亜の文化の昂揚」「大東亜の繁栄の増進」「世界の進運への貢献」などを謳った。

ここではインドネシアや朝鮮の代表は招かれず、わが国が敗戦の一路をすすんでいるさ中に、高邁《こうまい》な「大東亜共栄圏」の原理を掲げても、具体的には政策決定は出来ず、各代表に単なる幻想を抱かせるの感があった。

これは、これらの国々がなお日本軍の軍政下におかれ、その実態が過酷な状態におかれていたため、各国では理念の亀裂や不満が生じ、結局この会議は、掛け声だけの茶番劇に終わってしまった。

他方、戦局では十一月二十五日、西太平洋の端島のタラワ・マキン両島の玉砕発表（前者で四千六百九十名、後者で六百九十三名）があり、国内では東條内閣の不評、とくに上層部での内閣打倒や倒閣運動が秘かに論議されたりしたが、だれ一人として、時局の収拾に乗り出す者は現われなかった。

こうした戦局悪化の中で、十月十二日、閣議で「教育に関する戦時非常措置方策」が決定され、学徒戦時動員が強化されると共に、文系の大学予科専門学校の早期卒業により、多数の学徒兵が誕生(約三十万人と称される)、十月二十一日、神宮外苑において文部省主催による学徒壮行会が挙行され、小雨の降る中を東京近郊から集められた七十七校の学徒数万人が分列行進を行なった。

こうして軍の作戦指導や重臣会議、知識人たちの会合による戦況判断をよそに、太平洋上では熾烈な爆撃と戦闘がくり返され、一日に何百という将兵が倒れ、生き捕られた捕虜や現地民は過酷な労働を強いられ、これに従わない場合は、容赦のない制裁が加えられていたのであった。

II

アッツ島玉砕の悲憤がしばらく遠のいた後、国民は一種の倦怠感と弛緩的気分を味わっていた。

国内の物資(とくに食糧)はどんどん欠乏してきているが、戦争はまだ遠い遙かかなたの西太平洋の島々で行なわれていることであり、昨年(昭和十七年)の四月十八日に米機による本土で初の空襲はあったものの、それはかすり傷程度のもので、空襲とはこれくらいのものかと思わせ、翌十九年の暮れの本格的な本土空襲がはじまるまで、国民はまだ本格的な空襲というものは体験していなかった。

　昨年のミッドウェイ沖海戦以降、大本営は正確な情報を国民に知らせなかったため、戦局がどのように傾いているかがまったくわからず、どうせこんどの戦争でも日本が勝つにきまっている。日本はこれまでの戦争に負けたことはなかったし、日本は神の国であるから、悪運がきても、神風が吹いて護ってくれるに違いない。下は小学生から、上は教育程度のかなり高い大人にいたるまでそう信じ、各部署について黙々と働いていたのであった。

　こうして内地の国民は、戦時下とは言いながら、まだ精神的にはゆとりのある生活を送っていたのであった。

　六月も末近くになったある日の日曜日、純子と勝子を通じて知り合った川田教授と武藤退役大将との囲碁の仕合いが、武藤家で行なわれた。

　両人ともプロではなかったが、相当の腕前があり、これまでにも三十局ないし四十局くらいは経験しているので、互いによい相手であった。

　まず一局目は、武藤大将が先手、川田教授は受け手となり、二人ともスケールの大きな布石をして、中盤までは武藤・川田両氏の勝敗は伯仲であったが、終盤戦で、川田教授が攻めの手をつかって、「おさえ」「寄せ」「つぐ」の手で、ほんのわずかの差（六目勝ち)をもって川田氏の勝ちとなった。

昼食をはさんで一休みしてから、二局目に入った。

こんどは川田教授が先手となり、武藤大将は護りの手、川田教授は絶えず攻めの手をつかったが、中盤ではやはり川田・武藤両氏が伯仲の結果となった。終盤戦で武藤大将が強硬な攻めの手をつかって攻めてきて、「よせ」「切り」「のび」「おさえ」などのあらゆる手をつかい、こんどは武藤大将が二十目勝ちとなり、両氏の仕合いは一戦一敗で引き分けとなった。

川田教授は武藤家で夕食の御馳走にあずかった。かつて陸軍大臣をしていた関係で、武藤大将は全国に豊富な人脈をもち、在郷軍人会の講演に招かれるたびごとに、全国からさまざまな貢物《みつぎ》が届けられ、武藤家は、一般の国民に比べてかなりの裕福な暮らしをしていた。食後の茶をすすりながら、両人は現時点における世界大戦の戦局の話に移った。

武藤氏が、しばしば参謀本部や総力戦研究所から得ている連合国対枢軸国の戦力を示した簡単な統計表を持ち出して、英米の陸軍兵力が九百八十一個師団に対して、枢軸側(日本、ドイツ、フランス、ギリシヤ、ブルガリアを含む)の兵力が四百八十二個師団(約二倍)、海軍の船舶、英米が五百万トンに対して、日本は百五十万トン(約三・三倍)、戦車の量、英米が三万六千台に対して、枢軸側一万二千五百台（約二・八倍）、航空機の保有量四万三千六百機に対して後者一万七千機、月産量一万二千三百機に対して後者三千二百五十機（前者の比率約二・五倍、後者約三・八倍）という数字を示され[1]、川田教授は、ウーンとうなり声を上げざるをえず、やや興奮ぎみで口を開いた。

「こうして戦力が少ないのに対して、日本は太平洋全域に手を広げすぎるようですなあ。西ヨーロッパ戦線では、イギリスが主に枢軸軍と戦っているが、そのうちに米軍の戦力が加わるでしょう。

現在のところ、米軍の兵力は太平洋に向けられているようですが、米国は一極集中主義の政策で戦力を使用しているようです。私のような素人からみても、どうも日本の軍部のとる戦術のやり方が悪いのではないかと思われて仕方がないのです」と語った。

これをうけて武藤大将は、「いや、まったくおっしゃる通りです。戦力が足りないなら、足りない分だけいっそう守備範囲をせばめなければならんのです。ところが、米軍の大兵力に対して、そのわずか三分の一か五分の一の兵力で、太平洋の島を守ろうとする。そして米軍から大包囲をうけて、兵站、武力ともにつきて、追いつめられ、そして玉砕してしまうのです。

こんな戦術は、かつての日露戦争でもなかったし、愚の骨頂というべきです。

大兵力に守備圏が突破されることがあれば、すみやかに退却して犠牲者を少なくし、その戦力を他の目的のために保持すべきです。いたずらに包囲されて玉砕してしまう、あるいは捕虜になったりすると、かれらが敵側に情報を提供することになってしまうのです。こんなやり方は、近代戦史上、最低のものだと思いますよ」といった。

川田教授はこれを受けて、「いずれにしても、犠牲者を多く出し、敵にみすみす地盤をとられてしまうこと、これでは負けにきまっていますなあ。ちょうど囲碁や将棋の仕合いと同じですなあ」と、感慨無量だという感をつよくして同意した。

「とにかく守備範囲をせまくし、犠牲を少なくし、そして短期戦にして早く戦争を終結させる。こんどの戦争はこういった点からも、まったく戦略的には失敗だったと思うのです。そして今はその後退期にあるわけだが、大本営は、真の戦果を発表しないでいる。したがって、国民はまだそんなに負けていると思っていない。そしてとことんまで闘わせようとしている……」

「そもそも、今回の戦争の主な原因は、第一次大戦後の連合国の黄禍論に端を発していると思う。そのいやがらせが積もりつもって、陸海軍は臥薪嘗胆《がしんしょうたん》しておった。ところが厄介なことに、日本は満州事変や日中戦争を先に起こしてしまった。この時に中国の利権（英米の租界）をめぐって、相当な被害を与えてしまった（川田教授は、自ら米国に滞在していた折、英国駐劄大使《ちゅうさつ》ヒューゲッセン氏の負傷、パネー号、レディ・バード号撃沈事件が生じた時、英米の対日世論が硬化したことを思い出していた）。私は日中戦争がはじまった時、すでに日米英の戦争ははじまったと思っていましたよ。それに、三国同盟だの、中国からの撤兵問題だのという厄介な問題がつぎつぎと入り込んできた。日本はまったくその袋路に入って参戦してしまったようなもんですからなあ……」

するとと武藤大将は、「私のところには、各方面からしばしば情報が入ってきますが、宮中をはじめ、重臣らの上層部は、早く和戦に至る道はないものかを模索していると聞きました。

ところが東條が頑張っておって、なかなか悲観的な情報を持っていかないらしい。東條英機の親父も私は知っていますが、どうも戦術が下手《へた》な人でね、そして息子も親父に似て頑固一徹なところがある。そしてここまで来てしまったものを食いとめるわけにはいかないと言って頑張っておる。ちょっとでも東條を批判しようものなら、あとの恨《うら》みがこわい。それで皆黙っているのです。

東條一派が、天皇を囲んで、まわりの下層部の意見さえまったくきかないという。困ったもんですよ。本来ならば東條を辞めさせるべきなんだが、戦争がすむまで、最後まででやるといって頑張ってきかない。この際、早く手を打たないと、国家の存亡の危機が訪れると思いますよ」といった。

これを聞いて、暗澹たる気持で川田教授が武藤家を辞したのは、すでに午後の十時をとっくにまわっていた頃であった。

Ⅲ

昭和十七年四月十八日の米機による本土の初空襲以来、政府は国内の防空対策や治安を強化するため、警察官二千五百名、消防夫七百名の募集を行ない、かつ大規模な官民による防空訓練を行なっていた。

また昭和十八年の春ごろから、各家庭で防空壕の設置の訓令が出され、八月中葉までに完成させること、それを各都道府県の町会長や隣組長が点検にくるという行事があった。

防空壕は、各家庭の人数に見合ったものが作られ、木製からコンクリート製のものまでさまざまあり、大規模なものは、工場などで一ヶ所に百五十人を収容するものまで作られた。

家庭用の標準規格としては、深さ約一・五メートルから二メートルの穴を掘り、その中に幅七十センチから一・四メートル、奥行き約二メートルの四角い穴に木材を組み合わせて、かすがいで止め、その中に入るための階段をつくり、待避中の腰掛けは約四十五センチ幅のものを、簀《す》の子などをつかって作る。

形としては一般にはカギ型のものが多かった。家族の人数によってT字型のものや、コの字型など、色々な形のものがあり、屋根にはトタンをのせ、石で押さえてから掘り上げた土で土砂袋などをつくってその上にのせるといったもので、原始時代の洞穴住宅を思わせるようなものから、近代化したコンクリート製の地下壕のようなものまでさまざまであった。

中には、掘った場所の土が柔らかいため、雨が降ると、土砂くずれで毀《こわ》れてしまうもの、また中を密閉しすぎたために、空気の流通がわるくなり、中で窒息死する者さえ現われるという始末であった。

各家庭では、専門の技師を頼んで作ってもらう経済的余裕などまったくなく、すべて自家製で、家族のものを動員してつくり、出来上がるのに最低三日間、一般には四、五日から一週間ないし十日くらいを必要とするものまであった。

川田家では、女手ばかりで、純子が病弱のため、近くにすんでいた武藤家の長男の武が来て手伝ってくれることになり、七月のある暑い日、川田教授は武と一緒にまず穴掘りからはじめた。

壕の設計は、知人の建築士に頼んでつくってもらい、木材などは近くの材木屋から買って運搬してもらった。

川田教授はTシャツ一枚になり、武は上半身裸になってシャベルをふるい、壕は家の角地の岡の上につくられた。

穴掘りは一日半で完了。木材の組み立ても、武と二人して行ない、川田家の壕はカギ型のもので、トタン屋根に石をおき(これも石屋から購入)、最後に土をかぶせて丸四日間で完成した。

同じころ、武藤家では陸軍の若手の現役将校が数人できて、コの字型のコンクリート製の立派なものを作ってくれた。

川田家では菊雄と武のために、毎日おにぎりとお茶を入れてサービスした。

工事が終わってから、川田教授は辞退する武に金一封をつつんで渡し、静子と純子が用意してくれた行水につかって汗を流した。

「純ちゃん、お父さまの背中を流してお上げなさい」と静子にいわれ、純子は細い腕をまくり上げ、小太りだが筋肉の隆《りゅう》とした菊雄の背中を流しはじめた。

「お父さま、本はどうなさるの?」と純子がきいた。「うむ。文学全集は戦争が終わればまた買えるし、そのままにしておく。ただ外国で買い集めた洋書は貴重だから、名古屋の弟の家の土蔵にでも預かってもらうことにするさ。その他の重要書類はまとめておいて、いざ空襲となったら、持ち出して中に入れる」といった。

すると静子がそばから口を出して、「武さん、しばらく見なかったら、すっかり大人になって、立派な体格をしているわね。やっぱり軍人さんの息子さんだけあるわね」といった。

武はその頃、旧制中学の三年生で近くの松原町にある日本中学(私立の中学で、明治、大正、昭和の名士を輩出した。現在の日本学園高等学校)に通っていた。

父親に似て好男子で、最近の軍事教練や勤労奉仕で鍛えられて筋肉が隆々と発達し、今年の秋は海軍の予科練航空隊を受けるつもりでいた。

その頃、男子校の中学で授業はあまりなく、午後になると近くの工場での勤労動員や、日曜になると出征兵士の家庭の慰安訪問などにあけくれしており、ほとんど席の暖まる日がないくらいにいそがしい日々を送っていた。

武藤家の長女の恭子(大正十一年生まれ)は、戦争にはまったく関心がなく、とくに最近の陸軍の幹部の堕落や暴挙にあきれはて、何か精神的なものに帰依する信仰の道へ入りたいと思い、東京の学校を出てカトリックの洗礼をうけ、修道士の勉強を神戸でした後、父の実家のある岡山市に移り住み、ここのカトリック教会で日曜学校の先生をしていたが、戦時中は、これでは食べて行けなくなり、実家の近くにある備前市で塾を開き、そこで勤労学生や生徒の補習授業を行なって暮らしを立てていた。

Ⅳ

昭和十八年の初秋のある日曜日、純子は勝子の家を訪れていた。

勝子の家は、昭和のはじめにつくられた切り妻の深い檜木造りの二階建てで、敷地は二百坪ほどあり、大きな石造りの門構えのある立派な家であった。

玄関から入ってすぐ右側に、漆喰《しっくい》で固められた洋式の大きな応接間があり、そこには接客用のソファーがいくつも並べられ、室内には内外の美術品が飾られ、書架には高価な蔵書が並んでおり、東側の壁に面して勝子専用のベヒシュタイン製のアップライト・ピアノが置かれていた。その上には楽譜と、ベートーヴェンの胸像が置かれてあった。

この日、武藤夫妻は知人の結婚式に呼ばれて留守、武は出征兵士の家を慰安訪問中で家にはいなかった。

応接間の椅子に腰を下ろすなり、純子は、「この戦争、一体いつまでつづくのかしら。本当にいやになってしまうわね」と切り出した。

純子が何げなく発したこのことばに、勝子はだいぶ弱音をはいているなと見てとり、すぐさま、日本が現在生死を賭けての戦争を行なっている際、国に御奉公しているという献身の精神がなければならないことを強調した。

そして軍人を父にもち、武士の伝統を誇る名門の出身である母親の節子から聞いていた女白虎隊の話を思い出し、「純ちゃん、日本にも東洋のジャンヌ・ダルクといわれた人々がいたのを知っている？」といって、明治維新の時、会津藩から出た女白虎隊の話をした。

「戊辰の変の時にね、[2]中野竹子という下っ端の武士の娘がいたのよ。この人は短歌をよくし、武芸に秀でた美人だったけど、味方の軍が危ないというので、婦女隊を組織したの。

白鉢巻に襷《たすき》がけ、義経袴に太刀、小刀、眉尖刀をひっさげてね、戦闘をいどんだのよ。

この時の女たちは、初陣でね、お互いに身苦しい振舞いを戒め合って弾丸雨飛の中に突入していったの。

すると敵の隊長らしいのが、婦女隊だと知ると、『生けどれ、生けどれ』と号令を発して攻めてきたので、婦女隊は恥辱を受けまいと必死になって抵抗したの。

その時の竹子の奮闘は、敵味方をまったく驚かせたけど、敵兵の射ち放った銃弾に胸を射貫かれて壮烈な戦死をとげたのよ」[3]

この話を聞いて、純子は直ちに日露戦争の時、歌人与謝野晶子の弟が兵隊にとられ、あの難戦といわれた二〇三高地に赴く時に歌った詩「君死に給うこと勿《なか》れ」を朗読した。

「あゝ、弟よ。君を泣く。君死に給うことなかれ。末に生まれし君なれば、親のなさけはまさりしも、親はやいばを握らせて、人を殺せと教えしや、人を殺して死ねよとて、二十四までを育てしや」

「でもね、純ちゃん。国難——つまり国家の存亡が取り沙汰されている時は、自ら進んでお国のために御奉仕すること、御奉公すること——これは大切だと思うわよ。それは決して犬死ではない。かならずそれは報いられる時がくると思うの。

これは戦争の時の話ではないけれど、森鴎外の小説に、『山椒太夫』というのがあるでしょう。あの主人公の安寿という人、私とても尊敬しているの。山椒太夫という人さらいの一族に出会い、乳母《うば》や母と別れ別れになり、弟と一緒に捕われの身になった時、弟の厨子王だけは助かって、父母のところへ行っておくれ、私はどんなひどい目に会ってもかまわない、かならず神様が護って下さるといってお守りを渡して弟を見送った後、自分は崖を下りて入水《じゅすい》してしまうところ。あの場面が私とても好きなの。つまり、自分の運命というものに対してとる献身の精神よ」といった。[4]

しばらく考えていた純子は、ことばをついてつぎのように言った。

「人生の生きる目的って一体何かしら。何か私この世の中って、すごく欺瞞や虚構に満ちていると思うの。この虚構とか幻想からぬけ出して、実在つまり真相を知ること、そこへ到達するために最善の努力をすることではないかしら。つまり実体を知り、真理に向かって生きぬくことではないかしら」

「そう。真実に徹して生き、永劫の時間に生命をあたえ、遍満《へんまん》し、持続し、創造し、生育する胸のうちなる神との結合をとげようとする意志を見出そうとした人、それを音楽でなしとげたのは、ベートーヴェンだと思うの」と勝子。

「賛成だわ。あの人は耳が聞こえなくなるというハンディを持ちつづけたけど、ちょっと素人では考えられないほどすばらしい音楽をつくり出しているわよね。人生の苦闘と不幸のどん底の中から生きる喜びを見出そうとした人ね」と純子が応酬した。

「音楽は一切の知慧、一切の哲学よりも高い啓示である……私の音楽の意味をつかみ得た人は、他の人々がひきずっているあらゆる悲惨から脱却するに相違ないと彼は言っているわ」[5]と言って、勝子はピアノに向かい、ベートーヴェンの最高傑作の一つといわれる「熱情」ソナタの第三楽章を静かに弾きはじめた。

最初「シソミレ」の継続音がつづいた後、四分の二拍子で新しく飛ぶような旋律をともなってあらわれ、それがいくつも繰り返されて、最後はきわめて早く、興奮のるつぼのうちに終わるこの楽章は難曲だが、卓越したピアノ演奏家にとって、もっとも好んで弾かれる部分であり、あるピアニストが、かつてのドイツの宰相ビスマルクにこの部分を聞かせたところ、「これは人間の全生活の奮闘と嗚咽《おえつ》だ」といって感動したといわれる。[6]

この第三楽章を、勝子は難なく弾きこなすことが出来た。「熱情」と称されるソナタは、ベートーヴェンの最大の恋人であったテレーゼ・フォン・ブルンスヴィックという伯爵令嬢に捧げたつもりであったが、実際には兄の「フランツへ」と譜面の扉のところに書かれてある。彼がいかにテレーゼを熱愛していたかを間接的に示そうとしたことが窺《うかが》われ、「熱情」という題名は、後世の楽譜の編集者によってつけられたものとされている。

そこで勝子は、純子のためにもっとやさしいのを何か聴《き》かせたいと思った。

たまたまベートーヴェンの死後三十年も経ってから発見された「エリーゼのために」は、このテレーゼのことを思って書いたのだとされており、勝子はそれがすぐ念頭にうかんだので、「エリーゼのために」を弾いた。

さらに、「純ちゃんはロマンティックな人だから、こんなのもいいかな」といって、ベートーヴェンのメヌエットの中でもっともよく知られている「ト長調のメヌエット」を弾いた。

純子は、勝子の演奏と、曲の美しさにまったく堪能してしまった。

「ところで純ちゃん、よかったらお風呂へ入っていかない？」と勝子が誘った。

純子はちょっとためらったが、燃料不足のため、長いこと風呂に入っていない。せっかく勝子が誘ってくれたので、久しぶりで体を洗い、身を清めてから帰ろうかと決心した。

「沸かすまで、ちょっと待っていてね」といって、勝子は風呂場に行き、水道の水を出し、かまどの口から薪をくべはじめた。

純子は応接間でピアノの上においてある楽譜を見たり、応接間に飾ってある武藤家の蔵書を取り出して見ているうちにお湯が沸いた。

「純ちゃん、お風呂が沸いたわよ」と勝子が知らせに来たので、純子は脱衣場へ向かった。

勝子と一緒に風呂に入るなんて、はじめてである。しかし裸同士のつき合いは、これがはじめてではない。もう三回ぐらい、身体検査の時、お互いの体を見てしまっている。

それでも純子にとっては、人前で裸になることは、今もってすごく恥ずかしいことであった。

細《ほっ》そりとした痩せたからだ、そして静脈の青すじが見える偏平な胸に、だらりと下がった乳房——これに対して背はちょっと低いが、勝子の筋肉質の隆々とした体、いつも羨ましいと思い、自分もああなりたいと思ってもなれるものではない。それに精神的に大人びていて、いつも何か頼りになる姉のようにさえ思われる勝子——今日はざっくばらんに自分を打ち明けてみようと思い、スウェーターを脱ぎ、スカートのボタンをはずし、シュミーズやパンツを恥ずかしそうに脱いで、乳房を両手でかくしながら浴場に入った。

檜作りの浴槽は、やっと二人が入れるくらいの大きさであった。勝子がすでに裸で待っていてくれ、「まずお客さんからどうぞ」といって純子の方を先に入れてくれた。湯は、少し熱すぎるくらいの加減であった。湯気がもうもうと立つ湯から上がると勝子は、「背中を流してあげるから、後をむいて」といった。そして純子の痩せた背中をごしごしこすり始めた。

「私《わたし》、勝子さんのような堂々とした体、いつも羨ましいと思っているの。わたし小学生の時から『観音さま』というあだ名がつけられていてね、これからいくら努力しても、強い体になれないわ。やっぱり生まれつきの体質というものがあるのね。勝子さんは家柄もいいし、一家揃って健康だし、それに特殊な才能をお持ちだし、……やっぱり血すじっていうものは争えないものね」と言った。

「そんな弱いこと言っていたら、駄目じゃないの。これからよいお婿さんを貰《もら》って、立派な子供さんを生んで育てていかなければならないじゃないの！」といって純子の痩せた背中をぴしゃりとたたいた。

これには純子もこたえたらしく、「痛い！」と言って大声をあげた。

「この間の新聞に、なずなの話が出ていたわよ。なずなにはファール酸、ヒョリンなどの化学物質が含まれていて、止血、利尿、殺菌なんかに何でも効《き》くそうよ。とくにファール酸と言うのが、肺組織の足りないものを補い、酸化率を高めるって書いてあったわ。こんど新聞の切りぬき持ってきてあげるわよ」と勝子が言った。

「ありがとう。わたしにはヴィタミンが不足していると、お医者さまはおっしゃるの。とくにヴィタミンの強壮剤、ハリバとかエビオス、それに理研ヴィタミンとか色々のんでいるんだけどね。でもちっとも太らないのよ。やっぱり食糧難で、栄養がとれないせいもあるかも知れないわね」と純子は応じた。

こんどは勝子の背中を流してやった。純子の父が行水《ぎょうずい》する時に、父の背中を流すことがよくあるが、勝子の背中をみると、父の背中によく似ており、男の背中みたいに筋肉が隆々とついている。だからこの人は見るからに男性的で、動作が早く、行動がてきぱきしているんだなあと、頼もしいやら、嬉しいような不思議な気分になってしまった。

最後に一緒に湯ぶねにつかり、上がり湯をかけあってから、お互いの体をふき合い、堅く抱き合って熱いキスをかわした。

今日のこの日は、本当にうれしい、そして楽しい束《つか》の間の一時《ひととき》であった。勝子に自分のことが打ちあけられ、そして勝子が自分のことを親身になって考えてくれると思うと、涙が出るほどうれしかった。

私はやっぱり勝子さんが好きなんだ。そして誰にも打ちあけられないことを、この人は聞いてくれ、親身になって考えてくれている。

二人は人生を語り、文学を論じ、そしてすばらしい音楽を聴けたことの至上の喜び——戦争たけなわの時のこの一瞬——しかしそのような機会は、もう二度と訪れることはなかった。

注1　細川護貞「情報天皇に達せず——細川日記——上巻」磯部書房版　昭和二十八年　十三頁

注2　戊辰の変　明治元年（一八六八年）官軍と旧幕府軍との戦い。朝敵となった会津藩では、いわゆる白虎隊を組織し、その中にはかなりの女性が含まれ、討死したという美談が残されている。
注3　佐藤信夫「戦争と女性」　女と戦争　第七巻　近代女性文献資料叢書（復刻版　平成十二年　原版一九四〇年）大空社　二一九〜二二〇頁
注4　森鴎外は「山椒太夫」を書く時、シラーの「オルレアンの処女」が念頭に浮かび、自らの作品に安寿の運命に対してとる姿勢と献身の精神を説いている。
詳しくは、清田文武「山椒太夫の方法とその世界」平川祐弘、平岡敏夫、竹盛天雄編『講座　森鴎外2』新曜社　平成九年　三三四〜三七頁を参照。
注5　ロマン・ロラン「ベートーヴェンの生涯」片山敏彦訳　岩波文庫　平成十一年　一三五頁
注6　同右七四頁

第七章――あゝ紅の血は燃ゆる

I

昭和十九年は、連合軍の反撃が激化し、枢軸軍は、さらなる後退を余儀なくされ、国内は騒然・躍起となった年であった。前年の十八年にはやった「撃ちてし止まむ」の標語が、激情を表わした「進め一億火の玉だ」「鬼畜米英」などに変わり、時局は一段と風雲急をつげた年でもあった。

一月中旬には、ソ連軍がレニングラードで大反撃を開始し、わが国では三菱重工などの百五十社が軍需会社に指定され(第一次)、さらに四月には、四百二十四社が第二次の追加、そして十二月二十五日には、百九社が軍需工場となり、主な生産会社のほとんどが、軍需会社に衣替えされた。

東京、名古屋などでは、「改正防空法」により、初の建物疎開令が出て、七月までに各都市の戦争に無用な建物は取りこわされた。

三月には高級料理店、バー、歌舞伎座、日劇、京都南座など、十九の大劇場も閉鎖され、高級娯楽は禁止となった。

四月には、国鉄の寝台、食堂、特急車が全廃となり、国民が百キロ以上を旅行する場合は、許可が必要となった。

太平洋の南方戦線では六月十五日に、七万一千名の米軍部隊がサイパン島に上陸し、これを迎え撃った日本軍の兵力は四万三千六百八十二名で、同十九日にはマリアナ沖の海戦があり、わが連合艦隊(第一機動艦隊)は、半身不随の状態に陥り、サイパン島は激戦の末、七月七日玉砕した。この時の日本軍の兵士四万千二百四十四名、米軍側の戦死傷者は一万四千九百六名に上った。

この中で四千人の邦人の非戦闘員が含まれていたことは、国民に大きなショックを与えた。

車座になって手榴弾で自決する者、わが子を殺して自決する者、野戦病院における患者と看護婦、そして従軍慰安婦も服毒自殺、またサイパン島最北部のマッピ山頂（二百四十九メートル、バンザイ・クリフと呼ばれる）では、女性をふくむ多数の非戦闘員が投身自殺を行ない、国の内外で大々的に報道された。

同じ七月、グアム、テニアン島にも米軍が相ついで上陸し、いずれもわが軍は玉砕（グアム島守備隊一万八千名、テニアン島八千名）の悲報が相ついだ。

こうして南方の制海権をにぎった米軍は、この時、航続距離五千六百キロ、一万メートルの高度を四トンの爆弾を積み、最大時速五百七十七・六キロで飛べる超重爆撃機B29の製作に成功し、サイパン島につくった基地を拠点にして、本土空襲の準備を着々とすすめていった。

緒戦の勝利の頃に最高潮の人気があった東條内閣の評判は急激に降下し、新聞の投書にも、「東條やめろ、殺せ」の類から、東條の不信任による不敬罪を問うものなどが、急激に増えていた。

また事実上の独裁者東條英機（当時、首相、陸相、参謀総長、軍需相などを兼務し、国家権力を独裁していた）の内閣倒閣運動も、一年ほど前から極秘裡にすすめられたが成功せず、戦争の直前に東條を首相に上奏した木戸内府も、東條に不信の念を示し、次第に東條離れをしていたが、この後任の内閣の総理にだれを推すかで、適任者が見つからず、不安定な時期がつづいた。

他方、東條は倒閣運動をしていると目された者に対しては、憲兵を尾行させるという、個人的な私憤をあらわにしたが、米軍がサイパン島に上陸したという報に接した時、さすがの彼も意気消沈し、この世の人とは思えぬ青ざめた表情だったと記されており、一部では自殺説も囁《ささや》かれていた[1]。

サイパン島が陥落すると、東條の副官といわれた嶋田海相も辞任し、七月十八日、東條内閣は総辞職し、ついで妥協力があり、話のわかる小磯国昭大将(当時の朝鮮総督府長官)を後継内閣の首班に、海軍は米内光政大将を海相に推し、陸海軍の合同内閣が成立した。時に七月二十二日のことであった。

また政府は六月三十日、大都市における学童の集団疎開の実施を計画、八月にこれを完了。

八月二十三日には、中等学校・高等女学校の学徒勤労動員、および女子挺身隊の動員を発令、十月十八日には陸軍省の「兵役施行改正法」が公布され、満十七歳以上の男子を兵役に、十七歳未満を第二国民兵にすることが決定された。

こうした内地での国内整備をよそに、十月二十日、米軍十七万四千人がフィリピンのレイテ島に上陸し、米国の比島奪回作戦が開始された。

十月二十四日は、日本艦隊による米軍のレイテ上陸作戦を阻止しようとしたレイテ沖の大海戦があり、わが連合艦隊は失敗、事実上の全滅となった。大本営発表ではこの敗北をひたかくしにするため、実際の損害は航空母艦四隻、主力戦艦三隻、軽重巡洋艦十四隻、駆逐艦十一隻、潜水艦六隻であったが、実際の発表は、航空母艦一隻、戦艦一隻、巡洋艦二隻、駆逐艦二隻沈没、航空母艦一隻中破とした。[2]

これを受けて、十月二十五日、神風特別攻撃隊が初出撃を行なう。

他方、内地では、十一月二十四日サイパン島基地のB29七十機が東京を初爆撃し、十二月七日には東海地方に大地震が発生し、名古屋の兵器工場などが大打撃をうけ、紀伊半島を襲った津波で死者九百九十七名を出すという、戦争面でも、国内の生産面でも、ますます暗澹をきわめて行く一年であった。

昭和十九年のはじめの頃から、国民の厭戦《えんせん》ムードは高まっており、これを三つにわけると、その一は、知識階級で、かれらは事態の悲観的なことをよく知っており、東條内閣には反対し、二人で会う時は悲観論を唱えるが、四、五人あつまるとこのままではいけないと言い、十人以上があつまると、一億玉砕の意気をもって、難局にあたるべしと唱えるグループ、第二は町会長、警防団長の類で、新聞で読み得た知識だけでもって、上流階級が戦争に協力しないことを憤慨し、政府が一度号令を発すれば、国民のすべては蹶起《けっき》するだろうと信じているグループ、第三は一般大衆で、ただ自分の生活だけを考えることが精一杯で、国家とか政治のこと、また国際状勢の変化にはまったく無頓着で、一日も早く戦争が終わることを望んでいる人びとであったという。[3]

こうした危局のさ中にあって、軍人（主として現・退役の将官）は内地にあって、政治や経済のことをむし返し論じ、昨年末（昭和十八年の暮れ）からの学徒動員で、政治・経済を学んだ学徒兵を、第一線に送り出すという批判、すなわち、主役が逆転しているという批判も聞かれ、これが当時の〝総力戦〟といわれるものの実態でもあったのである。

Ⅱ

昭和十九年（一九四四年）の一月八日、政府は「緊急学徒勤労動員方策要綱」を発表したが、その主なる箇所に、「一、動員学徒ヲ勤務セシムベキ工場事業場ヲ特定シ通勤距離、学校又ハ学科ノ種類、学徒ノ年齢及性別等ヲ考慮シ学校ト工場事業場トヲ緊結シ其ノ特定部署ニ対シ通年恒常循環的ニ学徒ヲ動員スル如ク計画ヲ樹立スルコト

二、学徒ノ動員ハ学校ヲ基本トスル団体組織ニ依ルモノトシ当該学校ノ教職員授業ヲ中心トシテ之ヲ組織スルコト

三、学徒ノ従事スベキ工場作業場ニ於ケル作業ハ学校又ハ学科ノ種類、学徒ノ年齢ニ性別ヲ勘案シテ之ヲ適正ナラシムルコト（――以下略）」とあり、昭和十九年の動員計画は、右の要領の下に定められた人員として、約二百五万三千名で、[4] 前年より五万三千人増で、これは兵役に召集されたものの補充労働の確保の必要性から生じたものであったが、昭和十九年から二十年にかけて実際に従事したのは、約百九十三万人であったとされる。[5]

武藤勝子の通学していた目黒区の都立K高女は、昭和十九年の十月一日から、京浜地区の海軍航空技術廠支廠（横浜南部の金沢地区）の兵器工場に動員されることが決まった。このため五年生の授業も七月末で終わり、明年三月までの六ヶ月と、さらに延長動員として六月まで勤労動員に従事させられた。

川田純子など、特別の病弱者には医師の診断書を出させてこれを免除し、家庭に待機して、町内の隣組などの手伝いや、学校報国隊として、随時出征家族の慰問などを行なうことになり、中には家庭の事情で縁故疎開をしたり、理科系や医学系の学校志望者は、受験の準備期間にあてる者も出て来た。

こうして生徒全員が散り散りばらばらになる直前の九月中旬、最後のお別れを兼ねた勝子のピアノ・リサイタルが、K高女の体育館で行なわれた。

野間校長以下、男性職員は皆カーキ色の国民服姿、女性職員は草色の仕事着とモンペ姿、生徒は紺の上着とモンペ姿で、頭には白い鉢巻をした約三百名の生徒が一斉に着席した。

そうする中、髪の毛を短く切り、額に日の丸の鉢巻をきりりとしめ、他の生徒と同じ服装で現われた勝子は、ベートーヴェンの作品八十一番のソナタ「告別」を弾きはじめた。

この曲はベートーヴェンの弟子で、世話にもなったルドルフ大公が、戦争(仏墺戦争)のため田舎に疎開することになった時の記念として作曲されたもので、第一楽章「告別」は、アダージヨ、アレグロの二楽節から成り、第二楽章は「不在」アンダンテ・エクスプレシーヴォ、第三楽章「再会」ヴィヴァシシマメンテとなっており、ベートーヴェンのソナタ作品の中期から晩年の移行期の作品といわれるもので、簡潔な構成の上に力強い感情表現がもり込まれ、あたかもルドルフ大公への親愛の情がこもった作品ともいわれ、勝子が愛好したソナタの一つでもあった。

五年間お世話になったこの高校への御礼として、またピアニストとして再会することを願い、心をこめて弾かれた格調の高いこの演奏は、当時の吹きすさんだ社会の中にあって、一すじの光明が与えるように美しく響きわたり、皆うつろになっていた心の空白を満たしてくれるのに十分な深い感動をよびおこした。

演奏が終わった後、万雷の拍手がおこり、学生や生徒の中には、花束や手紙を添えて勝子に渡す者も多く現われた。

純子は、別れの挨拶をのべるためにできた長い列に入って番を待ち、勝子には餞別として、数人のクラス・メートと一緒に撮った写真と、パーカーの万年筆を送った。そして「色々とお世話になりました。またお会い出来るわね。早く平和な日々がくるといいわね」といって堅い握手を交わした。その目には涙がうるんでいた。よく見ると、勝子も、顔は紅潮していたが、目は赤くはればったくなっているのに気がついた。

この感動的な瞬間(そしてそれは決して最後のものになるとは誰も思わなかった)の日から、数日の後、勝子のクラスは、皆ネズミ色の防空頭巾をかぶり、下には日の丸の鉢巻をしめて、カーキ色のモンペ姿に、靴をはき、武道・体育の担任の田崎隆男教諭と、生物の小関京子教諭に引率されて京浜電鉄の金沢八景駅のちかくにあったM軍需工場に挨拶に行った。

工場全体の広さは千五百平方メートル(約四百五十坪)くらいで、他の工員や工場長、工場係長(現場監督者)に挨拶した。となりの工場では、地方の県からきた福島高女や棚倉高女、東京では大森中学の男子学生たちが、すでに菜っ葉色の作業服を着て働いていた。

勝子たちの作業内容は、海軍機の部品の組み立てで、補助翼の木工の組み立て作業、そしてその骨組みの上に、五、六枚のジュラルミンをのせて木の槌でたたく作業、ついでジュラルミンを鋲《びょう》打ちして翼を完成させる作業、そして磨《みが》き上げるという最後の作業に分かれており、一つの作業を五、六人が担当して行なうという流れ作業であった。

翌日から勝子たちは、この工場へ朝早く起きて通わなければならなかった。

勝子の場合、代田二丁目駅(現在の新代田駅)から帝都線(現在の井の頭線)にのり、渋谷で山手線にのりかえて品川まで行き、ここから湘南電鉄(現在の京浜急行電鉄)にのり換え、金沢八景駅につくまで約二時間半から三時間を要した。電車は行きもかえりもひどい混み方で、日曜をのぞき、毎朝六時に起きて出勤し、帰宅は午後の八時頃になるという状態がつづいた。

工場へ着いてから棚衣場で、工員と同じ菜っ葉色の作業服に着かえ、M軍需会社のバッジを胸につけ、朝の八時から数グループに分かれて仕事を開始し、次第に学校生活から工場作業へと神経をすりへらす日々がつづいた。

十二時から一時間の昼やすみがあったが、昼食は、これまで食べてきたものとはまったく違う麦や豆、ひじきなどが入った一杯のどんぶり飯で、吸い物には野菜の茎を入れたまずいどろどろの味噌汁か、うすい塩味のついたすまし汁で、食後は軍歌のコーラスの練習があり、勝子は皆から嘱望されてコーラスの指揮者になることもあった。そして当時はやった「轟沈」や「空の神兵」、「紅の血は燃ゆる」「勝利の日まで」などを精一杯うたい、よく晴れた日には外へ出て、バレーボールの練習をした。

ときどき担任の田崎、小関の両先生や工場長、たまにはいかめしい腕章をつけカーキ色の軍服を着た憲兵などが巡回してきた。勝子たちは一心不乱に作業に熱中した。

昭和十九年の暮れには空襲がはげしくなり、昼間にも警報が鳴り、敵機B29が頭上を、高度の飛行距離で白煙の尾をひいて通りすぎるのを見たこともあり、警報が鳴ると、直ちに鉄カブトをかぶり、作業場の下に掘ってあった待避壕に避難した。

空襲がはげしくなると、工員の方が休みだし、欠勤率が多くなるという有様だった。これは空襲によって命が奪われることを恐れたためであった。

こうして喜怒哀楽を共にした学校生活に比べ、毎日が単純な灰色の作業生活であったが、勝子はどんなに苦しいことがあっても、負けずに毎日出勤した。家に着くともうへとへとになり、ぶっ倒れるくらいで、恐ろしいほどの空腹感をもよおし、武藤家の邸内に設けられていた防空壕(全国各地から送られてきた特産物で満たされており、武藤家の食糧の「貯蔵庫」でもあった)へ行っては農作物や乾物、乾燥した肉や卵を湯でといて暖め、これで工場での夕食の不足分を補い、どうやら飢えをしのいでいた。

しかし疲労と飢えにより勝子の体も段々と痩せて行き、工場へ入る前は六十キロ強もあった体重が、半年の後、四十キロ近くまで痩せ衰え、見るのも気の毒なくらいになってしまっていた。

Ⅲ

昭和十九年七月十八日の東條内閣崩壊の後、次期首班として、色々な人の名が上がっていた。武藤元陸軍大臣・退役大将も、声をかけられた人の一人であったが、当時の現役のスケールの小さい大臣の後継者としては、自らの見識や世界観の相違から不向きであるという理由で、固く断わっていた。

それでは一国の無任所大使として、満州と中国の視察に行ってもらえないだろうかという要請が、後継内閣として発足した小磯国昭首相からあったが、これも公《おおやけ》の大使としてではなく、個人の資格で行くのならば差しつかえないという返事をし、約一ヶ月の旅程で満州、北支と南支視察の旅に出かけた。

武藤が満州で見聞したものは、日本はこんどの戦争で負けると思っている者は相当いたが、しかし負けることを希望している者はいなかったこと、だからといって、日本はどうしても勝ってもらいたいという努力を傾けている者が少ないことを知った。

中国で見聞したものは、こんどの戦争で、中国の民心は、日本からすっかり離れてしまっており、この戦争で日本が勝っても負けても、かれらの関心事ではないと考えていたこと。第二に予想以上に治安が悪いこと、昼間でも北京の郊外にはうっかり出られないこと。このことから、物資の生産や運搬、収集などをいちじるしく妨げる原因になっていること。第三に、物と人が意外にも豊富であること——街頭にも、店頭にも、物資はきわめて潤沢で、人間も多いが、人や物をつかう方の面では、盛んにその不足が訴えられていること。また悪質の商人やブローカーがはびこり、民心が不安に満ちていることなどを知った。そして日本が八年間、貴重な人命を失い、多くの犠牲を払った結果が、こんな状態なのかと思うと、残念でならないという感慨にひたったのであった。

家では、昨年(昭和十八年)の十月、武が海軍の予科練に志願入隊しており、今年の十月から勝子が勤労動員に出る。そして空襲もますます烈しさの度を加えるであろうから、留守番を勝子に頼み、啓吉と節子は空襲がひどくならないうちに、荷物をまとめて岡山の実家を送り出し、岡山で、長女の恭子がいるところに落ちついてから、全国各地の工場や農民の視察に出かけ、方々からの要請で、千、二千と集まる民衆の前で、遊説や講演をして回っていた。

その中で強調したのは、時局の前途を決して悲観してはならないこと。国の総力、生産力と精神力にはまだ伸長発展の余裕がみられ、戦局をおし切る余力があること。政治・外交の点からみても、まだ打つ手が残されていること。国民は、強く明るい気持(大和魂)で知恵と汗をしぼり、頑張り通すこと(堅忍持久精神の固持)、そして輪郭の大きな、太い、分の厚い、いわゆる重厚にして包容力のある精神で時局に対処すべきであることなどを強調した。

そして仕事には全身の精神、魂を打ち込んでやること、作り上げた機械や品物には各人の精魂を打ち込むこと、それによって前線にいる将兵の特攻精神と相呼応して、遺憾のないようにする心構えが大切であることを説いて回った。

他方、川田家では、大学での学徒出陣が多くなり、また勤労動員などで学生が不在となり、授業が成り立たなくなったので、菊雄は十九年の夏から大学を一時休職にしてもらい、当時東京・神田にあった日本学術会議の翻訳官兼事務官として奉職することになり、毎日戦闘帽に国民服、ゲートルに軍靴という出で立ちで満員電車にのって、神田の神保町まで通わなければならなくなっていた。

妻の静子と娘の純子は、町会の仕事や隣組の世話、出征兵士の家族の慰問、そしてこれらの家族の縫い仕事から買い物までも手伝うという毎日がつづいた。

こうして日増しにはげしくなる空襲と食糧難——これだけは、純子の健康のこともあり、菊雄の実家である愛知県犬山市の実家から、時折食料品を小包で送って貰い、何とか買い出しにも行かずに飢えをしのいでいたが、ときどき荷物の中のものが引き出されて、中が空っぽになって送られてくることも、少なからずあった。

時局がますます緊迫の度を加えていく中で、川田家、とくに純子のただ一つの慰めとなったものは、時おり勝子から検閲ずみで送られてくるハガキや手紙、そしてそれに対する返事を書いて、そっと武藤家のポストに投函してくることくらいであった。

Ⅳ

武藤家では、長男の武が、昨年（昭和十八年）の十月一日に、海軍の予科練に、飛行科予科練習生として、土浦の海軍航空隊に入隊していた。

予科練とは、最終的には海軍の航空機に乗り、実戦に参加させるために短期間で養成する海軍部隊で、旧制の中学校四年程度（昭和十八年には二、三年程度）の学力のある者が志願によって入隊し、一ヶ年の基礎訓練課程を終了した者が、第二段階として飛行機練習課程（俗称「飛練」）に行き、最後に実用機教程を終え、各地の作戦部隊に配属され、戦闘に加わることを目標とした部隊で、階級の昇進ももっとも早いとされていた。

これは同年の十二月一日に入営が行なわれた大学専門学校を主とした学徒兵に先立って入営が行なわれ、昭和十八年の十月一日には、全国から集まった二千名の志願兵が、土浦の海軍航空隊に送られてきた。

武は当時、旧制日本中学の三年生であったが、時局の緊迫化にともない、自ら志願兵として入隊し、海軍の飛行士として国のお役に立ちたいと決心を固めていたのであった。日本中学を中途退学し、東京都と海軍省で行なわれた第一次試験と第二次試験の検査をうけて、甲種予科練生に合格し、九月二十七日、東京をたって土浦の航空隊に入隊した。

出発の前夜、武藤家では赤飯と鯛の頭付きを出して祝い、武に餞《はなむけ》の言葉をおくった。

父の啓吉は、「緊迫した時局にさいし、軍人の五省(至誠、言行、気力、努力、不精)を忘れず、全身全霊をもって困難にあたり、国の楯となって、お国のために御奉公して来い。これを余命わずかな我が遺言と心得よ」と訓示を与えた。

妻の節子は、「これが最後の別れかもしれないよ。わたしはお前を誉れある軍人の息子として育てたつもりだよ。父上もおっしゃった通り、軍人の本分をまもり、武藤家の名誉を傷つけることなく、お国のために御奉公するのだよ」と言った。

啓吉は、先祖伝来の日本刀を形見として渡し、節子は本尊の地蔵様のお護りを、勝子は、長女の恭子を交えて一家五人で撮った時の写真を餞別として渡した。

翌日、武はカーキ色の中学校の制服に日の丸の襷《たすき》をかけ、見送りにきた十数人の人たちに、「ではこれから行って参ります」と挨拶した。その中には武藤大将夫妻とその親族、隣組長、町会長と近くに住む川田教授一家が囲んだ。

川田教授はこの時の気持を詠《よ》んだ辞世の和歌を色紙に書いて渡し、静子は明治神宮のお護りを、純子は愛読していたヒルティの「幸福論」に、「あなたの武運長久を祈ります。純子」とサインして渡した。

どこからともなく「勝ってくるぞと勇ましく……」と「わが大君に召されたる……」の軍歌が斉唱された後、見送り人をあとに、武は衣料・日用品などをつめたトランク一つを持って、帝都線の「代田二丁目駅」(現新代田駅)に行き、渋谷駅で他の学友と合流し、土浦へむけて出発した。

九月二十七日のうちについた武たちの組は、さっそく衣服の支給をうけた。中学の制服を脱ぎ、軍帽、七つ釦《ボタン》の冬服と夏服、普段着としての真っ白な事業服(海軍ではこう呼んだらしい)、外套、雨合羽、煙火服(作業衣で菜っ葉服)、夏冬の襦袢、靴下、脚絆、半靴、そして日用品などの配給があった。そして所属部隊を記した兵籍番号と名前を、冬衣服に書きこみ、それがすむと、着てきた学生服や靴などの私物を小包にして郷里へ送り出すという仕事が待ちうけていた。

訓練は、第一日目からはじまり、各班に分かれて班長、善行章[6]の三、四本をつけた先任教員の紹介があった。班長は、善行章一本か二本の下士官で、教員と呼び、それに時おり顔をみせる分隊長、分隊士（分隊長付士官）は士官か下士官で、かれらは教官と呼ばれた。

武たちは冬服（第一種軍装）に着がえ、各兵舎前で整列し、各教官から細かい服装の点検が行なわれ、各兵舎から出て来た分隊と合流して練兵場に集合し、縦、横、斜めからみて一分のすきまもなく整列した。

そして司令（分隊長）から、「諸君は将来、日本海軍航空隊を双肩に背負って立つ海軍士官として教育される。その責任は重く、使命はきわめて重大である」との訓示が行なわれた。

入隊してから課外学習としては、通信、物理、数学、化学、歴史、手旗信号、体育、陸戦などがあり、土曜日は大掃除、日曜日には洗濯も課せられた。

とくに訓練が激しかったのは、無線信号の記銘で、漢字の間違いがあると、何度もやり直しをさせられた後、発信と送信の練習もあった。そのたびごとに、テストがあり、それが成績として各人に渡された。

最初は教官、教員、指導練習生の人びとがあまりにも偉すぎると思ったくらいだったが、慣れてくるうちに、練習生たちの心情を理解する者も現われた。

一分隊は、二百名ないし三百名からなり、これが二組みに分かれ、それぞれに組長、甲板練習生がおり、これがさらに三十名から四十名の班に分かれていた。各班には一名ずつ一週間交替で週間練習生がおり、さらに一日交替で当直練習生が配置されていた。これらすべてを動かすのが教員であった。

各練習生は「軍人」の心がまえが出てくると、班が自治体のような組織として動きはじめる。各班が集団としての行動を基にし、分隊内で、班対抗の競争が行なわれたりした。釣床訓練、駆け足、相撲、カッター、そして通信の成績などまで、せり合いとなり、負けるごとに差をつけられるといっては、班長はビンタを乱発したり、バッターを振ったりした。

この兵団生活で、初めての練習生が一番こたえたのは、バッターといわれる制裁であった。[7]

このようにして教員がけしかけなくても、目前の敵に、敢然として刃向かっていけるような躾《しつけ》を強要され、軍人としての「攻撃精神」を身につけて行くように訓練された。

こうして入隊してから一ヶ月から二ヶ月の後、家族の者との面会の機会をつくり、校外に民家を買い取ってクラブをつくり、そこで肉親たちが面会出来たり、食糧が届けられたりした。

武も、第一日目から麦飯を食わされたのには閉口したが、次第にこれらの粗食に慣れていった。

武藤家では、武を国に預けた者として、あとは直接に面会などには行かず、ときどき本人が出す検閲ずみの手紙と、両親からの便りによって、本人が安寧無事に活動していることを知った。

そうこうするうちに時間は急速に経ち、武のグループも予科練二学年の教程に入り、毎日駆け足、水泳、カッター、棒たおしなどによって、集団のリズムは高い調和の世界となり、これが攻撃精神、犠牲精神へとつながって行った。

練習生から個性をなくし、平均化して一つの鋳型にはめこむ。命令によって理非の判別をせずに、猛然と立ち向かって行く気魂をつくり、どのようなみじめな状態におかれていようとも、じっと耐え忍ぶ屈従の精神が養われ、こうした訓練過程のうちでの変容が、飛練(飛行機練習課程)へ進む時の最大の条件になるのであった。

この飛練に行く前に、練習生の卒業式もあり、ここで練習課程を無事に修了したという証明が与えられると同時に安堵感がおこり、つぎの段階の飛練へ向かう憧れと激しさに対する畏《おそ》れという複雑な気持が練習生たちにはあり、庁舎前には司令と共に食卓を並べ、赤飯と頭つきの魚が出されたりした。(以上予科練入隊後の武の生活は高塚篤著「予科練—甲十三期生」　原書房　昭和四十八年　二四〜一四七頁を参考にして書かれた)

入隊一年後の昭和十九年の十月、武たちの同期生は、一週間の帰宅を許され、ちょうど武藤夫妻が岡山に疎開する直前に、武は両親に会うことが出来た。

勝子も昼間は勤労動員で留守であったが、夜、武の久しぶりに日焼けして顔がピカピカと光り、中学生だった頃に比べて身体もたくましく、肩の筋肉がもり上がって一人前の軍人の体に成長したのを見て、いちじるしい安堵感と、満足感を覚えた。

そうこうするうちに、この一週間もあっという間に過ぎ、武もこの家族たちとの邂逅《かいこう》も、これが最後になるかもしれないと覚悟し、家をたつ時「ではお父さん、お母さん、長い間お世話になりました。武は元気で最後のご奉公のつもりで行って参ります」といって挨拶した。

こうして武たちの練習生は、昭和十九年の十二月末に無事飛練教程を終え、実用機教程に進むことになったのであった。

注1　細川護貞、細川日記　上巻「情報天皇に達せず」磯部書房版　昭和二十八年　二四〇～四一頁

注2　富永謙吾「大本営発表　海軍編」青潮社　昭和二十四年　一七三～四頁

注3　細川護貞　同右　一七八頁

注4　法政大学大原社会問題研究所編「太平洋戦争下の労働者状態」東洋経済新報社　昭和三十九年　一九頁

注5　労働省編「労働者行政史」第一巻　財団法人　労働法令協会　昭和三十六年　一一三六頁

注6　「善行章」予科練の訓練で、三年間無事故でつとめたという印。山形をして右腕の階級章の上につける。このほか、「特技章」という、これより上の位があり、体力とみがきのかかった技術、スマートで、目先がきき、几帳面、負けじ魂、〝これぞ船のり〟のような多面的能力を発揮した者に対して与えられた腕章で、「善行章」と高等科修了の八重桜のマークを左腕につけたという。

注7　バッター。軍隊の規則に合わない練習生の尻を、野球のバットと同じくらいの太さの棒で叩いてしごくこと。棒先が八角に削られてあったり太くしてあったりして、その打ち方がひどいと打撲傷どころか骨折となり、半身不随になる場合もあった。もう一つの体罰として、力まかせに顎をたたくことがあり、これらが毎日のように見受けられた。練習生は、これらに耐え忍ぶことが強要されたが、しまいには脱走をはかり、見つかって軍法会議にかけられて懲役に服したり、あげくのはてには、自殺をするものが急増したという。

第八章——火中に立ちて

I

昭和十九年の十二月に入ってからは、本土は二日ないし三日おきくらいの米機による空襲の連続にあけくれした。

昭和二十年の正月には、正月用の一人当たり一キロののし餅、煮干(一人当たり十匁)、数の子(一人当たり三十匁)が配給されたが、とても正月気分を味わえるような状況ではなかった。

敵機の本土空襲は、暮れ、正月の休みなく行なわれた。十二月三十日につづいて三十一日の大晦日には、午後九時四十三分から十時二十分まで第一次の空襲、ついで十一時五十分から元日の零時半まで第二次の空襲があり、神田、本郷、下谷、浅草、向島に小型の油脂焼夷弾、約千六百七十六個が投下され、この結果、五百二十七棟、七百二十五世帯が罹災し、三万八千四百三坪が焼失した。[1]

一月三日の午後には、名古屋、大阪、浜松方面にＢ29約八十機が来襲、ついで四日には、艦載機が延べ五百、四百機で台湾・沖縄を空襲。東京にはふたたび九日、六十機が編隊をなして来襲。十日には三機が来襲。

他方、九日には、米軍がルソン島に上陸、二月三日にはマニラ市内に進入してくる。一月の十四日には、Ｂ29六十機が名古屋付近に来襲、豊受大神宮などを大破した。十九日には、約八十機が阪神地方に来襲、若干の被害を出したと、大本営は発表した。二十三日には、名古屋に七十余機が午後に来襲、また一月十三日には東海地方に地震があり、東海地区は大混乱に陥った。

一月二十七日は、Ｂ29八十機が午後、東京の下町方面を主として狙ったが、銀座、有楽町方面にも被害が及び、十二ヶ所が爆撃にあい、安田銀行の数寄屋橋支店では直撃弾をうけて、行員のほとんどが即死している。この日だけでも、死者は三百五十名、負傷者千六十四、行方不明三十九名に上った。[2]

二月四日には、神戸、三重方面に午後九十機が来襲、若干の被害を出したという。十日には関東方面に約百機が来襲、群馬県の中島飛行機、太田市などに被害をもたらした。

二月十五日には小型機の編隊が来襲し、都内の各地を襲撃。十七日には本土に接近した十数隻の機動部隊から飛び去った艦載機が延べ千機ぐらいに達していたという。十九日には、B29が大挙して来襲したが、この時には東京の上空を通りすぎただけだったという。

二月二十五日の昼間には艦載機が来襲、ついで警報がいったん解除された後、こんどはB29百三十機の編隊が来襲。

三月四日にはB29百五十機の編隊が現われ、東京の各地を盲爆。都内各地に相当の被害を出したという。こうして昭和二十年の一月から三月十日の東京下町の大空襲がある前まで、十五回もの本土空襲が記録され、東京では殆んど一日おき位に警報が鳴り響いていた。

このようなさ中にあっても、政府の世論指導としては、つぎのようなことが強調されていた。
①今次の戦争が、わが国自存自衛のため已むに已まれずにして開始されたものである

ことを、国民にいっそう徹底するため、大東亜戦争勃発前の外交の真相（米国の最後通牒「ハル・ノート」などによる脅迫）を明らかにすること。このため未発表の外交文書において適当なものを公《おおやけ》にするなどの方途を講ずること。

②敵愾心《てきがいしん》の昂揚を図るため、敵の日本処分案、無条件降服の主張および、今次の戦争の暴虐な行為などを周知させること。

③国民に時局の世相を誤解させたり、安易感を与えたり、あるいはわが方の戦意を阻喪するような結果とならないよう、敵国、または中立国側の報道を国内において報道するに当たって十分留意すること。[3]

二月十九日、米軍は硫黄島に上陸、三月十九日、守備隊は全滅し、約二万人の軍人犠牲者を出す。

二月十四日、近衛文麿は、はじめて天皇に会い、「敗戦は遺憾ながらもはや必至なりと存じ候」で始まる長文を奉呈し、その中で、「国体護持の建前よりももっと憂うべきは、敗戦よりも敗戦に伴って起こることの可能性がある共産革命に御座候」と論じ、軍事急進派を一掃してすみやかに和平をはかることを提案した。[4]

東條元首相も同じ頃宮中に参内し、御下問についての国策上の危惧として、①青年将校の不満、②食糧事情逼迫《ひっぱく》のため国民大衆の戦意の低下、③知識階級の敗戦必至感、④

また四月以降のソ連の動向には注意を要す、と報告している。[5]

他方、連合国側は二月四日から十一日まで、ソ連の保養地クリミヤ半島のヤルタで、いわゆるヤルタ会談を開き、すでにカイロ、テヘラン会談で決めた事項の再確認、すなわち対ドイツの戦後処理と、ソ連の対日参戦(ドイツ降伏後に行なう)が決められていた。

三月四日ごろ、霞ヶ関に入った情報によれば、天皇はいまだに終戦の決意がなく、あくまで東京にのこり、国民がたとえ十万人になっても戦頭に立って闘う意志を示したこと、国民はあくまで本土を護ること、そのためには、皇室のことなどは考えなくてもよい(自分はどうなってもかまわない)といったこと、国民に本土を護ってもらいたいことを、小磯内閣に指示したといわれる。[6]

かくするうち、昭和二十年の三月十日、東京下町の全滅を計った東京大空襲が行なわれた。

この日は三月九日の夜半より、B29約三百機が来襲、爆弾百キロ級六個、油脂焼夷弾四十五キロ級八千五百四十五個、二・八キロ級十八万三百五個、エレクトロン一・七キロ級七百四十個を下町に無差別に投下し、折からの北風の烈風に煽られて、下町は火の海と化し、都民の死者推定合計約十万名、負傷者四万九百十八名、建物の焼失十八万二千六十六棟、三十七万二千百八世帯、建坪四百万五百四坪を焼失した。[7]

こうした中で、小磯内閣は七月に就任以来、国運の回復に何ら成功せず、国民の士気が低下する一方で、これ以上政局を担当することはできないと判断、四月四日に総辞職した。

これを受けて立ったのは、元侍従長で二・二六事件の時に重傷を負った七十八歳の鈴木貫太郎海軍大将であった。鈴木は、老齢のうえ、政局のことはまったく分からず、ただ「至誠尽忠」ということだけが取得で、軍部や閣僚の意見をとりまとめることだけはできるが、この大局の処理に関しては、まったくの無能の人であった。

さらにこのとき外相に選ばれたのは、開戦時に外相をつとめた東郷茂徳であった。これも外務官僚としては能吏といわれた人だったが、国際的な大局をみて、国内の危急な状態を判断できる人ではなかった。

自ら親ソ派と称し、ソ連相手の和平交渉に手を出し、逆にソ連側から参戦を招くという、墓穴を掘ってしまった張本人でもあったのである。

首相になったとき鈴木は、この戦争はあと二、三年はつづくと豪語したのに対し、東郷との意見が会わず、やっと妥協して東郷は外相を引きうけたといわれる。

この時すでに米軍は沖縄本土に上陸しており、ここでの死闘戦が繰り広げられつつあった。

この頃、国内のモラルは極度に低下し、ある日記には、つぎのように記されている。長期戦における国民道徳の低下で、その原因としては、①明日の命はない、今日を楽しめという刹那心理、②秩序、謙譲、礼儀、愛情、慣習の崩壊、③戦況および環境の制限による興奮、④法律も道徳も何もなくという感情、⑤戦時所得の増加と浪費、⑥男女関係の紊乱、⑦アルコール飲用などの悪風の蔓延、など。[8]

ヨーロッパ戦線では、ドイツはベルリンの連合軍による包囲で、ヒトラーが五月一日に自殺、九日に無条件降伏している。

この頃に出た日本政府の世論指導(内閣情報局作製)は、つぎのようなものであった。①敵の物量におびえることは誤りであること。②目前の空襲の被害などによって、わが方の戦力を過少に評価することは、誤りであること。③敵陣にも苦悩の色が濃厚に現われていること。④わが国とドイツは、根本的に異なること。ドイツはすでに三百万の捕虜を出しているが、わが皇軍将兵は、ことごとく特攻隊員であること。⑤敵の思想謀略の激化(すでにこの頃、本土空襲をした敵機から降服をよびかけるビラが、散布されていた)を厳重に警戒することを掲げ、敗戦意識の徹底的払拭を謳っている。

そして宣伝方針の主要な部分として、本宣伝は、「一、沖縄戦局の我に不利にして、敵空襲の激化、並びに本土作戦なるの秋《とき》、軍官民を挙げて、断乎《だんこ》戦い抜くべき決意の下、七生尽忠、一人以て国を興すべき熾烈旺盛なる戦意を昂揚するに在り。
二、本宣伝においては、左の諸点を強調徹底す。
イ、今や本土決戦必至にして、皇国の存亡を決するの秋なり。――わが国民は一人を残さず惰性による無関心、安易感を断乎排除し、全生活、全戦力を挙げて本決戦に勝つの一点に集中し、如何なる危急困苦にも敢然耐えぬくべき決意を固むべし。
ロ、本土決戦をして大殲滅《せんめつ》戦たらしむべし。この決戦により、我は敵の大兵力を一挙に殲滅し去り、最後の勝利獲得の好機たらしめんために、一億結束して必死敢闘すべきなり。
ハ、本土決戦に際し、皇国民たるの自重と矜持を遺憾なく振起すべし。
ニ、国民戦争の本義に徹すべし。
本土決戦とならば一億国民一人残らず戦列に加わる。国民義勇隊結成の所以《ゆえん》もまたここにあり、隊伍整斉一糸乱れず生産に防衛に死力を尽くすべし」[9]
こうして六月二十三日、鈴木内閣は義勇兵役法を発布して、国民義勇隊の結成にのり出し、十五歳から五十歳までの男子と、十七歳から四十歳までの女子全員を義勇兵役に服させ、必要に応じて国民義勇戦闘隊に編入させ、従来あった大政翼賛会などの諸団体を解散して、国民義勇隊組織をつくった。

ところが五月二十五日に、東京・山の手の大空襲があり、B29四百数十機で、二百五十キロ爆弾百五十一個、油脂、黄焼、エレクトローン焼夷弾大型約千八百十六個、小型約十四万六千七百五十個を投下し、家屋の焼失建物十二万六千七百三十七棟を出した。[10]

こうした中で、現実の国民義勇隊は、戦災地の焼跡の跡片づけや、各種の勤労奉仕に出勤するといった、まったくの名ばかりの組織として形骸化していった。

国民義勇隊法が公布された同じ日の六月二十三日、沖縄は全滅し、戦死者約十五万人、ひめゆりの塔の犠牲者をふくめ一般民間人の戦没者九万四千人を出した。

この頃政府はやっと重い腰を上げ、皇室を中心としたソ連を仲介とする和平の申し入れの動きが出はじめていた。

鈴木内閣が成立した日と同じ四月五日、ソ連は佐藤尚武駐ソ大使を通じて、対日中立条約の不延期を通告してきた。

すでにスターリンはシベリア大陸へ、対日戦へ向けてのソ連兵士の輸送を進めており、防備が薄くなっていた満州の国境から進攻する計画を立てていた。

スターリンも、モロトフ(外相)も、かつてソ連が日露戦争において屈辱的な敗北を喫したことをよく憶えており、これを機に、対日戦の勝利をはかる絶好の機会であると考えていた。ところが日本政府のソ連を通じての和平交渉は、まったく相反する方向のものだったのである。

これまでに負けたことがないという国の体面《めんつ》の方を重んじ、少しでも有利な条件を出して講和にのぞみたい、いずれにしても、無条件降服だけは避けたいと考えており、有利な条件を引き出せそうなのは、ソ連をのぞいて以外にはないとの意見が一致していたという。

鈴木総理の如きは、スターリンを西郷南州（隆盛）のような人だと勝手な判断を下し、しばしばソ連の出方には危険をともなうと判断した東郷（外相）ですら、佐藤駐ソ大使からの、無条件降伏以外に手はなしとの再三の電報による通告にもかかわらず、何とかソ連を頼みとして有利な条件（たとえば樺太や千島などの領土をゆずっても）を引き出そうとし、さらに海軍では、ソ連から石油や飛行機を買い、日本から巡洋艦を提供してもよいなどと真面目に考えていた海軍の首脳もいたのである（例えば米内海相など）[11]。

悪い事態を招けば招くほど、早く手を打たなければ事は進展せず、ソ連に対しては十分な警戒心をもち、交渉は避けるべきであるという強力な主張者が現われてもよかったはずだが、大部分の政府の意向はソ連を通じてということで意見が一致し、他の選択肢として、スウェーデンやスイスなどの中立国を通じての交渉が残されていたにもかかわらず、これを放棄し、ソ連の和平仲介を頼みとし、これがポツダム会談の時期と重なり、ルーズヴェルト死去のあと米国の政権を引きついだトルーマンは、ポツダム会談の会期中に、米国の原子爆弾成功のニュースを受け取って狂喜した。

この原子爆弾を武器として、ポツダム宣言を発表し、日本に無条件降伏をせまった。そして日本がこれに応じない場合には、未曾有の惨事がおこることをほのめかしていた。日本がこれを拒否したため、広島と長崎に原爆が投下された。

ソ連軍は時に乗じて満ソの国境を越え、なだれを打って満州に侵入し、在留邦人に対して略奪や暴行を働いた。

このソ連参戦の結果、旧満州、朝鮮半島の北部地域、千島、樺太（現在のサハリン）から軍人・民間人の約六十万人がソ連に強制連行されて抑留され、さらに強制労働などに服せられた結果、その約二十万人が、かの厳冬・冷寒の地で命を絶ったとされる。

かくして、日中戦争にはじまり、太平洋戦争の終結を見るまで八年間を要し（さらに昭和六年の満州侵略から数えて十五年戦争と呼ぶ場合もある）、そして最後に受けた惨憺たる戦争の結末は、二十世紀の、そして世界戦史上における最大の汚点として、永久に記憶されることになるであろう。

こうして未曽有の惨禍をうけた状態で終結を見た、あの無謀、無軌道な戦争としか言いようのない太平洋戦争の被害総額は、終戦当時の総額にして六百五十三億二百万円、戦没者百五十五万五千三百八人、一般国民の死者二十九万九千四百八十五人、国内の罹災総人口、九百六十四万七百七十一人におよんだ（昭和二十四年の四月、経済定定本部が発表した資料による）。しかし現在の公的記録では、わが国だけで死者（軍人民間人をふくめ）、三百十万人とされているが、実際にはさらにこの数を上まわるとされる。[12]

Ⅱ

武たちの第十三期生（百六十名）は、十九年十二月のはじめ、九州の長崎港からちょっと奥まったところにある大村海軍航空隊諫早《いさはや》分遣隊の看板がかかっている隊門をくぐった。

かれらを待ちうけていたのは、茶色の飛行服に天井の針金をぬいたアンパン帽をかぶっている、いかにもパイロットらしい不敵な面がまえをした飛曹たち（下士官）の教官で、手にはムチや細身の棒をぶらつかせた教員であった。

かれらは予科練の教員とちがい、年齢も階級もそれほど違わず、言葉つきも荒っぽかった。最初に入ってきた練習生に突然襲いかかり、手あたり次第になぐったりけったりした。

これは、これからの生死の境目を生きぬくために、焼《やき》を入れるとする罰則で、ストームとも呼ばれた。そしてこれは、どのようにしごかれても耐え忍ぶことが要請された、見せしめのための訓練でもあった。

これが終わると先任教員は、「飛練はお前たちの考えているような生やさしいところではない。生と死の境い目を絶えず行ききしなくてはならない訓練がこれから始まる。ちょっとした気のゆるみは、たちどころに死を招く。飛行機での失敗は、まったなしのあの世行きだ……」と訓示した。

入隊式はその翌日に行なわれ、日本海軍航空隊の生みの親のF大佐の訓示があり、「諸子が諫早分遣隊の第一期生になるのである。設備不充分な点は、パイオニアとしての自覚で補ってもらいたい」と挨拶した。

まず坐学で、「飛行術規範」が徹底的にたたき込まれた。

これは、「ア」といったら「イ」と反射的に出てくるようなもので、夜の甲板掃除の時にも、ブツブツ口で唱え、人に聞いてもらって誤りを正さなければならなかった。

格納庫に入ってからは、整備科の教員からエンジンの構造や、機体内部の名称や働きについて教えをうけた。

古手の整長（整備兵長）や上長（整備上等兵）から、機体の運搬や機動も、すべて整長や上長の指示に従わなければならなかった。

格納庫から練習機を引き出すのを、「右前、左後、そのまま前へ」と整長の号令通り、主翼と尾部に何名かがついて、列線まで運搬する。

「チョーク(車輪止め)よし！」「スウィッチ・オフ」(スウィッチを切断)など、整備兵が起動の要領を教えてくれる。

機体の安全を確認してから、二人がかりでプロペラを回し、潤滑油をエンジンの各部に行きわたらせる。

「前はなれ」「前よし」「エナーシャー(自動車の起動に使うクランク棒と同じ)回せ」で、二人がかりでエナーシャーを回し、「スウィッチ・オン」「コンタクト(エンジンの軸とプロペラの軸とをかみ合わせる装置を作動する呼称)」、エンジンがかかり、プロペラが回りはじめると、スロットルレバー(自動車のアクセルに相当し、左手で操作する)を徐々に動かして回転数をあげて行く。練習生がそれをやり、エンジンがかかるまでこれを行なわせる。

ついで教員が乗り込んで搭乗し、遊覧(慣熱)飛行が行なわれる。

さらに聞き慣れない伝声管の言葉に注意する。これは復唱の形で行なう。「高度三百」「高度三百」「前方見張りよし」「前方見張りよし」「第一旋回」「第一旋回」「雲仙宣候《ようそろ》」

「雲仙宣候」(「ようそろ」は、「よろしいか」の意味で、前者は語尾をあげ、後者は語尾をさげる)

着陸も、狭い航空母艦に着艦しなければならないので、三点着陸と称して滑走距離の短い着陸をする。そして前車輪と尾部を一緒に着地する。そして着陸した時、「〇〇練習生離着陸同乗帰りました」と報告しなければならない。

飛行作業の前には、一人の教員には五人が組になり、「飛行前の御注意」を伺い、飛行作業が終わったら、「飛行後の御注意をお願いします」と頼まなければならない。飛行後の注意は前支え(顎を打たれたり)、バッタ(尻を打たれたり)の体罰があったりしたという。

実際に飛行機に搭乗すると、最初は気持がうわずったり、目標が目に入らなかったり、操作ができなかったりする。搭乗して七つの計器をチラッと見ただけで、全部が見えてしまうようにならなければならない。

武ら練習生は、一ヶ月ほどして、諫早分遣隊から佐世保航空隊に移動させられた。

練習生に操縦桿をにぎらせるには、一ヶ月以上もかかり、そのたびごとに事故がおきて、エンジンが動かなかったり、動いても滑走路のはずれの方に飛び込んでしまったり、機首が海中めがけて突っ込んでしまうという場合もあった。

こうして武たちの飛練教程は終わり、ついで実用機教程にすすむことになった。飛練の卒業前に機種別の調査が行なわれ、戦闘機、艦隊爆撃機、陸上攻撃機などあったが、圧倒的に希望者が多かったのは、戦闘機のりであった。

これは希望と適性によって種類別に分けられたが、時局が切迫するにつれ、練習機航空隊も臨戦体制をとり、実用機練習航空隊は作戦部隊としての任務をもつことになった。武は幸いにして希望した通りの戦闘機専修者になることができたが、同じ他の候補生は練習期間の成績によって、それぞれの違った部署に回され、その各実施部隊に入って実務についた(飛行機の適性のない者は、飛行場の塹壕掘りに回されることもあったという)。

ここでの実戦指導は、ふたたび同乗飛行にはじまり、峻烈をきわめたが、ここでは理不尽な体罰はなく、一人前の搭乗員としての自覚をうながすような指導が多かった。

実用機教程では、上達の早い者ほど、どんどん課目が与えられていき、遅い者は取り残されていったという。

飛行機の不足から、昭和二十年の三月には、練習機はすべて実戦機となり、その大部分が特攻隊として使用されることになった。

課目の進んでいる練習生は、教程を卒《お》えると、八重桜の飛行徽章《きしょう》が与えられたが、武もその一人となり、特攻隊員に指名されたのであった。

昭和二十年に入り、特攻戦法といわれたものには、三種類のものがあった。

一つは零式戦闘機(海軍機)に二百五十キロの爆弾を装塡して敵艦に爆弾を命中させ、自ら命を絶つもの。

二番目のは「㊅兵器」こと人間爆弾「桜花」と称されたもので、これは「桜花十一型」という兵器を一式陸上攻撃機に吊るし、これを敵艦の頭上でおとしたのち、雷のように急降下して敵艦に体当たりするもので、別名「神雷部隊」とも称されたが、しばしば事故をおこし、多くの殉職者や犠牲者(途中で迎撃機に落とされたりする)を出した。

三番目のは、回天特攻隊と称されたもので、ハワイ沖奇襲のときに使われた特殊潜行艇とは異なり、直径一メートル、全長十四・五メートル、頭部に一・六トンのTNT(トリニトロトルエン)強力炸薬を充塡し、航続距離も三十ノットで二十三キロも走れ、簡単な潜望鏡だけで外部と接触できるだけの体当たり攻撃が目標とされていたから、爆発威力に主体がおかれていた。これは俗に〝人間魚雷〟と称されたものであるが、高圧酸素を燃焼させて走る九三式魚雷で、速力、航続力、爆発力などのあらゆる点で、当時の世界に誇る兵器であったという。

これはサイパン島やグアム島にまで出没し、かなりの戦果をあげたといわれ、戦死者には特攻戦死者として、全軍に布告され、一兵卒から四階級特進の栄光に輝いた。(以上の記述は、高塚篤著「予科練―甲十三期生」　原書房　昭和四十八年　二一一～三六頁を

参考にして書かれた）

武の乗った戦闘機は、零式艦上戦闘機（五七艦攻ともいわれた）で、ハワイ沖の奇襲攻撃の時に行なわれた操縦装置をとりつけてあり、一、二ヶ月の離着陸訓練を大津の連隊場で行なった。武と同期のグループは、主として沖縄戦の迎撃に出動し、教官の教員が同乗して、昭和二十年四月二十七日、石垣島基地を発進した後、沖縄の米国艦隊を目ざして出発した。

出発に先立ち、武は父から授かった日本刀と、自分の頭髪を切ったもの、そして簡単な遺書「お父さん、お母さん、お二人のご健在を祈ります。武は元気で行って参ります」と毛筆で書いたものを、大津の連隊場で上官に渡し、家族の写真とお護りは肌身はなさず持って出かけた。そして同僚にも別れの挨拶をかわした。

「色々と世話になったなあ。また靖国で会おう」と言って、武は飛行機に搭乗した。

折からの日ざしを受けて、空も海も目のしみるような紺碧の青色をなし、ときおり、ちぎれ雲が見える程度であった。

やがて視界が急に明るくなり、石垣島の地下壕に無線を送ろうとした直前、父の武藤啓吉と節子、そして恭子と勝子の笑顔、さらに川田教授、静子夫人と純子の笑顔がつぎつぎにあらわれた。ついで日本中学時代の学友、土浦の十三期生として一緒に過ごした数人の同僚たちの顔が脳裡をかすめた。

「ワレ　センカンニ　タイアタリス」の発信を送ったとたん、大音響とともに飛行機は炸裂し、武の体は、木端微塵に飛び散った。これが武藤武の最後となったのであった。

こうして沖縄戦に出動させられた神風特攻機は全体で約千九百機、特攻隊として戦死した若人の数は約二千五百名、かれらは十七歳から二十歳のものが多く(武はこの時十八歳であった)、全員が四階級に特進、海軍少尉に叙せられている。

かれらはまさに当時の忠君愛国の精神——殉国の精神、生死一如に生きて散ったのであり、千載に名をとどめた死に方を選んだのであった。この二十歳前後の、われ出でずんば国が亡びるという殉国の精神が火の玉のように燃えつきたのであった。

もちろん後世の人々からみれば、かれらは戦争の一部分品として作り上げられたのには違いないのだが、生きる目的のわけもわからず、ただぶらぶらしている今日の青年たちに比べ、ひたすら時の運命に身をゆだね、死を選ぶしかない——そして尽忠報国という目的のために生き、そして死んでいった人たちなのであった。

Ⅲ

三月十日の東京・下町の大空襲は、東京都民に大きなショックを与えた。

こんどは、自分たちがやられる番だと、山の手に住む人々は感じ、それがやってくるのも、それほど遠くないと感じていた。

三月十日の夜半零時ごろから、三時、四時ごろまでつづいた下町の火事は、東の空が真っ赤に焼け、視界の半分くらいは、火災の火の手のために赤々と照らされるという光景が、数時間つづいた。

その翌日の十一日は日曜日で、朝から一点の雲もない晴れの日であった。

勝子の勤労動員も、切りつめられて、日曜までも隔週に出勤しなければならないという羽目におかれていた。

たまたま三月十一日は休みで、夜おそく帰ってモンペ姿のままぐったりと横になり、明け方も知らずに寝すごしていた時、玄関の前でトントンとノックする音が聞こえた。

思わず起き上がり、玄関先まで出てみると、案の定、純子が立っていた。

純子は、半年ぶりで見る勝子のやつれた姿に驚き、二人は抱き合って泣いた。そして戦争が、勝子をこんなにまでみじめな姿にさせてしまったことに対して、烈しい憤りを覚えた。

「本当に会えてよかったわね。その後どうしているかと思って」と、純子が口を開いた。

「お蔭様でご覧の通りの姿よ。純ちゃんと同類項になってしまったわね」といって笑った。

苦しい時でも笑う朗らかさを、勝子は失っていなかった。

「ところで武さん、岡山のお父様、お母さまはお元気？」と純子が聞き返した。

「ええ。武からは、ときどき、この宅へ軍の検閲ずみの便りが入っているわ。元気でやっているみたいね。父も母も、地方で講演会やら婦人会や何やらに引っぱり出されて大変みたいよ。ところで、純ちゃんのご両親は？」とこんどは、勝子が尋ねた。

「私のところも何とかやっているわ。父が大学をやめてね。今はお役所づとめなの。毎日朝早くから出勤で、大変みたい。母は相変わらず隣組の手伝いやら、縫い物の下うけ仕事や庭の野菜畑の手入れなど、ときどき私も手伝うけど、何しろ女手一つなもんだから大変よ。こんどの空襲は山の手がやられるんじゃないかと、びくびくしているところなの」といった。

それから二、三学校の話もした。応召された歴史の新田進先生が、サイパン島で戦死されたこと、図画・工芸を担当していた池辺達夫先生は、中支に応召され、その後二、三回、学校の方に便りがあったが、それ以来音信不通であるとのこと。

三月の卒業式は、戦争がすむまで繰り越し中止になったこと。勝子の通っている工場で、岡本よし子がクレーンにはさまれて事故死したことなど……。

「この頃、軍の監督・検閲がきびしくてね。ちょっとでも遅刻すると怒るの。今度遅れたら、男性は一列に整列させて往復ビンタだ。女子は裸にして工場のまわりを駆け足させるぞ。なんて嚇《おど》すの。本当に正気の沙汰じゃないわね」と、勝子は工場の理不尽さを訴えた。

そうこうするうちに、勝子から「今日は久しぶりに休暇がとれたので、少し休みたいから」と言ったので、純子も疲れているのに邪魔しては悪いと思い、昼頃に家に引き上げた。

その後勝子も、このままで家から通って、空襲のために電車が不通にでもなったら、工場で軍の制裁が待っていることを恐れ、いっそ工場の宿舎で寝とまりすることに決め、その日のうちに荷物をまとめた。日用品、その他の身の回り品だけを残して、あとのものは梱包して防空壕へ入れ、明日はボストン・バッグに日用品だけを入れて工場に出勤し、工場長に理由を話して、その日から寝とまりするところを頼んだところ、工場の寮が一部屋あいていたので、そこへ入れてもらうことにした。

寮は歩いて十分くらいのところにあるプレハブ造りの平屋建てで、ところどころロープで支えてある仮設の宿舎。ゆかは板張りで、上にはゴザが敷かれてあり、窓は幅二メートルくらいの連子格子《れんしこうし》の窓で、そのすき間から風がまい込んだりし、寝る時は、厚いワラ布団を敷き、その上に毛布を三枚くらい封筒型に折ってもぐり込むという、とても眠られるような場所ではなかった。

それでも野宿するよりはましで、勝子は疲れるとすぐ寝つく方だから、少しくらい寒くても疲れているので気にならず、工場で夕食をすまして七時頃帰ってくると、いつもぐうぐう寝てしまっていた。しかし、空襲でやられると一遍に焼けてしまうというお粗末なバラック建てであったので、このことがときどき勝子としても、悩みの種となっていたのであった。

そうこうするうちに、昭和二十年五月二十五日夜の、山の手方面の大空襲がやってきた。

B29二百数十機は大編隊を組み、房総半島と静岡方面の両方からばらばらに分かれて来て、夜の十時ごろに警戒警報がなり、午前零時ごろ、空襲警報とともに、パッと照明弾が照らされたかと思うと、ザーッ、ザーッという油脂焼夷弾の流れる音が、東風の烈風に沿って横に流れてとんで来た。

この日、川田家では、逸《いち》はやく防空壕に入り、焼夷弾が落ちた時に備えて、鉄カブトに火たたきの棒を水でぬらして用意していた。

と見る見るうちに、隣の家との境の垣根のあたりに、焼夷弾が数個落ちて来たので、川田教授は、鉄カブトに防弾用の服装、そして火たたきをもって現場に急行、純子も同様の服装であとにつづき、運よくこれを消しとめることができた。

静子は壕の中に待避し、いざという時の炊き出しの準備をしていた。

ザーッザーッという音が数回ひびき、油脂焼夷弾が火をふきながら、風に沿って流れ玉のように東へ東へと流れていくのが、壕の中からもよく見えた。

近くで火災がおき、もうもうと燃える火が盛んに火の子を飛ばすので、とても外へは出られない。

もう家の中のことは、すっかりあきらめて、壕の中でじっと何もしないで敵機が去るのを待つよりほか仕方がなかった。川田家のまえの街道には、罹災した人々が大声で人を呼ぶ声、わめく声、泣き叫ぶ声などがあちこちで聞こえ、近くの公園へ避難して行ったが、川田家ではじっと壕の中で待避していた。

午前四時ごろ、警戒警報が解除されたが、翌日はどんよりとした雨模様で、まだ近くの建物の燃えかすがくすぶっている状態であった。

純子は、直ちに武藤邸のことを思った。この空襲で、もしかしたら焼けているかもしれない。勝子は用心のため、現場の工場の近くに引っ越したので、罹災を脱がれ、これはかえってよかったのではないかと。

この空襲で、純子のすむ世田谷地区は、東風のため、焼けたところはぽつりぽつりとあり、純子が予想した通り、あの檜造りのがっしりとした二階建ての石の門かまえの武藤邸は、焼夷弾の雨をうけて全焼していた。

隣家への類焼は、代田町の消防車数台による必死の消火作業で、どうやら食いとめることができた。

しかし、武藤家の居間、床の間、勝手口、そして応接間は塵灰に帰し、一たまりものこっていなかった。勝子が愛用したアップライトのピアノも、鉄製の骨組みだけが残り、鍵盤などはことごとくばらばらにされ、周囲に飛び散ってしまっていた。

これを見たら勝子は何と思うだろう——翌日の午後、そっと訪れてみた純子は、思わず涙があふれ出たが、勝子には、このことを当分知らせず、そっとしておいた。

この日の空襲で、宮城内の表宮殿や大宮御所も炎上し、山の手一帯は一部をのぞいて、三分の二近くが罹災した。大本営の公式発表によれば、投下爆弾は、二百五十キロ爆弾百五十一個、焼夷弾大型約千八百十六個、小型約十四万六千七百五十個、建物にして十二万六千七百三十七棟が焼失、罹災家屋十五万四千五百七十二世帯、罹災者数五十五万九千六百八十三名、死者三千二百四十二名、負傷者一万三千七百六名に上った。[10]

そうした後に、六月十日の京浜地区の大空襲が訪れたのであった。

これまで四月四日、十五日、五月二十九日と京浜地方は空襲に見舞われたが、不思議にも勝子の勤める工場だけは、まだ狙われていなかった。

六月十日はB29三百機とP51急降下爆撃機七十機が京浜地帯の工場地帯を襲い、空襲は真昼間に行なわれ、午前九時ごろ、空襲警報のサイレンが鳴り出し、勝子たちは作業にとりかかった直後のことであった。

勝子は急いで、地下壕に防弾用の服装をしてとび込んだが、やがてドドドーンという大音響と共に工場が大破した。あちこちで悲鳴や助けを求める叫び声がどよめいた。皆どこへ逃げたのか、散り散りばらばらになっており、いつも頑丈な鉄の扉がフワフワと爆風で浮き上がった。

それから何分たったであろうか。勝子は鉄カブトをかぶり、耳を両手の親指でふさぎ、顔を地面に伏せていた。

いきなりパッと火の手が上がったかと思った瞬間、勝子の壕をめざして直撃弾が落ち、それが勝子の後頭部に命中した。勝子は即死。他の同じ壕に入っていた二人の工員と同期生の谷口君枝だけは、足や腕、背中に重傷を負い、工場が焼け、消火が終わった後、奇蹟的に助け出された。やっとのことで、二人の工員と谷口君枝は、消防隊員に壕からかかえて出され、担架にのせられて近くの海軍病院に運ばれた。

工員の一人は、出血多量のため数時間後に死亡。他の工員と谷口君枝は、何かうわ言を唱えるように意識不明に陥ったが、病院の必死の手当を受け、命は奇蹟的にとり止めた。

運命の神が、遂に勝子だけの命を奪ってしまった。勝子も担架で運ばれ、大急ぎで病院の手当てを受けたが、すでに壕内で死亡していることが確認された。その顔は青ざめ、骸骨のように痩せ細っていたが、顔だちは昔と変わらず、静かに目を閉じ、あたかも聖者の如く、神聖で、気品の高い美しさをのこしていた。

空襲があった日から翌日にかけ、工場動員の引率責任者である田崎隆男教諭と、小関京子教諭は、即死した勝子の遺体や怪我人たちを近くの海軍病院から引き取り、半壊した工場の跡始末などに追われ、これ以上生徒たちに被害が及ばないよう、工場長や現場監督、そして工場を管轄した軍の責任者、K高等女学校の校長、県知事などに会い、一日中ねばり強く陳情・交渉した結果、やっと生徒たちを自宅に帰すことができ、生徒たちには自宅で待機せよという緊急の指示を行なった。

勝子たちの女学校も、五月二十五日の山の手を襲った大空襲で焼け、残ったのは、体育館と音楽室だけであった。授業は当分の間、近くの都立第六高女の校舎を間借りして行なうという、不便で窮屈この上ない有様であった。

純子が勝子の死を知ったのは、六月中旬のことで、同僚のクラス代表をしていた佐々木ふみ子から直接に自宅で連絡をうけて知った。純子は愕然として、聞き返す気力を失ってしまった。

そして、勝子と同じ工場で働き、クレーンに押しつぶされて事故死した岡本よし子と、サイパン島で玉砕した歴史・地理担当の新田進先生の三人の合同葬が、七月一日の日曜日、午後二時から、母校の体育館で行なわれるという知らせを同時にうけた。

武藤勝子の死――それは純子にとっての一大ショックであった。四年前に知り合ってから、家族ぐるみでつき合い、とくに勝子は純子の体のことを心配してくれ、いつもいたわってくれる姉のような存在で、心からの尊敬と信頼の念を抱きつづけ、暇さえあれば、勝子のことを思い出していた。そしてこの際の、突然の知らせに呆然として、しばらくの間、何もする気にはなれなかった。

その日は、夕食もそこそこにして、二階の自室に戻り、過去四年間の出来事を思い出しては、声を出して泣いた。

最初、転校してきて隣りの席に座った時からの勝子の暖かい心遣《づか》い、身体検査の時に服を脱ぐのを手伝ってくれた勝子、戦争が悪化する中で、人生や文学、そして音楽について語り、一緒に風呂につかりながら、心の中をうち開けることができた純子、名門の家に生まれ育った品格のよさと、武士のような逞《たくま》しさ、すぐれたピアノの演奏技術と薙刀のパフォーマンス、これらのすべてが純子を圧倒し、一人の英雄として女傑として尊敬していた勝子——その勝子はもういない、明日から一人ぼっちになるという淋しさと悲しさが、一気にこみ上げて来て、夜通し泣きあかした。

その嗚咽の声が、階下に寝ていた川田教授夫妻にも聞こえ、二人とも焼けた武藤邸のことや、岡山にいる武藤家のことを心配し、一晩中寝つくことができなかった。そして二人とも、はれ物にさわるようにして、二、三日、純子にはほとんど口もきかなかった。

K高女の三人の合同葬は、昭和二十年の七月一日、教職員全員と京浜のM軍需工場長、軍関係の担当者および在学生三百人近くが出席して、焼けのこったK高女の体育館で行なわれた。

この日は晴れたり曇ったりの日であったが、神奈川県知事、厚生大臣、横浜地区の海軍工場廠長による弔辞の代読の後、学校を代表して野間校長が、三人の死をいたむ弔辞を読み上げた。

「このたびの太平洋戦争におきまして、去る昭和十八年の三月に応召され、昭和十九年の七月七日、サイパン島にて壮烈なる戦死をとげられた新田進先生に対して、心から哀悼の意を表します。

新田先生は、昭和十年、東京高等師範学校卒業と同時に、八年間にわたって本校の歴史・地理の授業を担当され、至誠と忠君愛国の精神を身を以て示された愛国の士でした。

授業も真面目で、休むことがなく、歴史の一つ一つの事実について情熱をもって語られました。八年間この教えをうけた生徒諸君は、先生の残された志を深く胸の中に刻み込み、後輩や若い世代の人たちにむかってこの御意志を伝えて行くことを願ってやみません。

さらにこの戦争で、皆さんと同輩の前途有望な二人の生徒、武藤勝子君と岡本よし子君が、京浜地区の軍需工場で勤労動員中、一人は敵機の直撃弾をうけ、また一人は起重機の故障のための事故死されました。ここに両君の霊に対して心から哀悼の意を表します。

武藤勝子君は、皆さんもよくご承知の通り、稀にみるピアノの才能の持ち主で、将来日本を背負って立つピアニストとしての嘱望を託されていた人でした(この時、生徒の中からすすり泣きと怨嗟の声がおこる)。またご家庭も、父君は陸軍大将、元陸軍大臣をつとめられたという名門の出でもありました。

岡本よし子君は、小柄でしたが、英語の力につよく、将来は敵性語の英語をつかって身を立てたいと思っていた人でした。

このご両人に対し、わがK高等女学校は真心から哀悼の意を表しますと共に、生前の勝子君、よし子君の示された強いご意志と献身的な努力、そして他人思いの暖かい心を諸君は模範として受けつぎ、これからの戦争の継続に粉骨砕身の努力を傾けられんことを願ってやみません」

またクラスを代表して、ずっと主席で通してきた佐々木ふみ子が、つぎのような弔辞をよんだ。

「武藤勝子さん、岡本よし子さん。今日ここでこんなふうにしてあなた方にお会いしなければならないとは、私たちは夢にも思っていませんでした。

ここで私たちは戦争の熾烈さ、無情さを更《あらた》めて感じないわけには行きません。この戦争では、幾千万、何百万人の人々が戦場において、また家庭において命をおとしておられます。本当に戦争とは何か、誰が何のために行なうのかを、更めて痛切に感じつつある今日このごろです。

そのせっぱつまった一刻も油断できない時に、あなた方お二人は、私たちの犠牲者となられました。本当にくやしい、まさに慙愧に耐えない気持で一杯です。こうして尊い犠牲になられたあなた方のために、私たちは必ずその仇をとってみせます。

とくに生前の武藤勝子さんは、すばらしいピアノの才能をお持ちで、私たちの前で、ベートーヴェンのソナタのすばらしい曲の数々を聞かせてくれました(この時、会衆の中から嗚咽の声が大きく広がる)。あの曲の美しさと、勝子さんの逞しい体から沸き出るような力強い、あの卓越したピアノ演奏のシーンは、今後永久に私たちの脳裡から離れることはないでしょう。

岡本よし子さん、あなたは小柄でしたけれども意志はつよく、戦争が終わったら、かならず英語を武器とした職業について、世の中のために尽くすのだといっておられました。この前途の夢を描いたあなたに、突然の不慮の出来事がおこり、あなたの命を奪ってしまったことは、まったくの不幸としか言いようがありません。

では武藤さん、岡本さん、どうか安らかにお眠り下さい。長い間お二人が、私たちに示して下さった、愛と同情、そして献身的な努力に対して、心から御礼申し上げると共に、まだ終わっていないこの理不尽な戦争に最後まで戦いぬき、私たちはきっとあなた方の仇をとります。そしてあなた方の思い出は一生忘れずに、私たちの心の糧となって生きつづけると思います。

昭和二十年七月一日

都立K高等学校を代表して
西組卒業生　佐々木ふみ子」

武藤勝子のことにふれた時、教職員や生徒の中からすすり泣きがおこり、佐々木ふみ子も読み終わるまで、何度も何度もことばがつかえ、あとがつづかなかった。

これらの式辞がよみ終わった後、音楽の市川信吾先生が、メンデルスゾーンの無言歌集「ホ短調」（葬送行進曲）を演奏した。

その後、一人一人が、三人の遺霊の前にすすんで献花をした。

純子は、勝子の喪装した写真の前に坐った時、思わず泣き崩れ、これまで泣きはらした強い悲しみの情が、一挙にこみ上げてきたのであった。

この日、純子は、最初K高女に転校してきた時のクラス担任で、純子を紹介し、勝子の隣りに席を与えてくれた国語の笹岡教諭に、久しぶりに会うことが出来た。

笹岡教諭は純子の肩に手をおいて言った。

「武藤勝子君の死は、痛恨の極みだったね。戦争はまだ終わっていない。体に気をつけて、これからお国のためにご奉公ができるよう、頑張ってくれ給えよ」

純子は「はい」と答えたが、その声はうつむきかげんで、かすれたような小声でしか聞きとることができなかった。

他方、岡山在の武藤家では、武の戦死を、土浦の航空隊本部から知らされており、また五月二十五日の空襲で、東京山の手の自宅が焼けたことをのちになって知り、また勝子が勤労動員中、米機の直撃弾をうけて、死んだことを知らされたのは、七月中旬のことであった。

この頃、日本の国内は、連日の空襲で列車が不通になることしばしばで、切符も容易に手に入らない状態がつづき、武藤夫妻はしばらく岡山にふみ留まり、東京へは帰らなかった。

Ⅳ

昭和二十年も春になると、街路樹の幹の片側だけが黒こげになって、火から遠ざかった枝の先から、ちぢこまったような芽がふき始めていた。

大きく枝を張った大木が、枝には被害がないのに幹だけが焼かれ、立ち枯れになった木もある。また枝も何もかもなくなったまったくの焼けぽっくりになった木々も見られた。

三月末から五月の中旬・下旬にかけて、東京の中心街は、一部の官庁のあったコンクリートのビル、銀行、そして土蔵があちこちにみられ、その中にトタン板を屋根につかって立てたにわか造りの仮ずまいの家屋、そして壕舎住まいという、新しい形式の住居があちこちに現われはじめていた。

食生活は、まだなんとか持ちこたえており、当時の都民に配給された食料品といえば、米、みそ、代用醤油、オカラ、トウモロコシ、野菜類では大根、ネギ、ミツバ、ホウレン草、カブなど、そしてジャガイモ、サツマイモ、海草ではワカメとヒジキ、魚ではカレイや平目の配給が時たまあり、また時には豆腐(および高野ドウフ)や鶏肉の配給があるくらいであった。

それで大部分の家庭(とくに山の手地区)では庭園のほか、ありとあらゆる土地に畑をつくり、そこにナス、トマト、キュウリ、カボチャ、ジャガイモ、サツマイモを植え、配給食糧で足りない分を補っていた。

それでも足りない場合は、近くの農家に買い出しに行き、頭を下げて農産物やタマゴ、そして柑橘《かんきつ》類などを売ってもらったりした。

また近くの原っぱに行けばツクシ、ヨメナ、セリ、ワラビなどをつむことができ、それをその日のオカズに添えることができた。さらに田舎に行けば魚(ウナギや鱒《ます》、ワカサギなど)がとれ、山にはゼンマイ、ウドなどをとって帰ることもできた。

他方都内にあった外食堂では、中に何が入っているか得体の知れない雑炊が一般食で、国民酒場では、なお一本のビールがのめた。

戦況の変化と共に、ラジオが各家庭での必需品となり、これにスイッチを入れると、一般の戦況ニュースや、臨時ニュースのあと講演、落語、漫才、歌謡曲などが主であり、玉砕の放送があるとかならず悲壮な調べの「海ゆかば」、その他の士気を阻喪する哀愁のこもった進軍歌、そしてまれには人々の心をなごませるハイケンスの「セレナーデ」のようなものが流され、あの緒戦の勝利の時に毎日のように聞かされた「軍艦マーチ」や「愛国行進曲」は、ついに放送されることがなかった。

こうして、大部分の人が意気消沈し、半ば栄養失調になったり、結核患者になる人も相当現われはじめていた。

かねがね純子の健康状態もはかばかしくなく、色々なことでショックがつづいたせいか、微熱が出て、体のだるい日が毎日つづいた。

上級学校進学のこともあったが、この際、一年間ゆっくり休むことにし、受験校は、母の出た所と同じ御茶水の女子高等師範(現在のお茶の水女子大学)へ行きたかったのだが、体操の試験があると聞いたので諦《あきら》め、東京・渋谷の実践女子専門学校(現在の実践女子大学)へ行くことにし、ここで日本文学でも専攻して、どこかの学校の先生をしながら、文筆業で食べて行こうかと考えていた。

父の川田教授も、純子のことを心配し、知人の紹介で、東京帝国大学附属病院の物療内科に紹介状を書いてもらい、六月のある日、母と一緒に上野駅まで行き、上野公園の西郷さんの銅像のある近くのベンチに腰かけて、おにぎりの昼食を食べた。

上野の地下道には、すでに焼け出されて行く先のない何十世帯の家族が、着のみ着のままの姿でお金や物乞いをしている痛ましい姿が目撃された。

公園から下町方面を見わたすと、焼けただれた上野駅から御徒町、秋葉原駅以東はまったくの焼け野原で、黒こげでひん曲がった鉄骨を隅田川につっ込んだ浅草橋が見えた。

他方、公園の下の不忍池では、どこかの中学生数十人が、戦闘帽をかぶり、褌一つになってすきや鍬をふるい、湿地帯の開墾を一生懸命になってやっている姿が見渡せた。

こうした作業中の池の端をぬけて、東京帝大の裏門に入り、その近くにある附属病院の物療(現在の放射線)内科の窓口で知人の紹介状をさし出し、純子の診察を乞うた。

当時、物療内科の主任のM教授は、下着なしの白衣を無造作に羽織ったぶっきら棒な人で、純子の体を診察するなり、「ああ、この人は、もともと丈夫になる体質じゃないな」とはき捨てるように言い、「頑健でない人は人にあらず」といったような表情をした。

それを聞いて静子は、「でも先生、これでも私一生懸命になって育てたんでございますよ。何とかしてやって下さいまし」とせがむように頼んだ。

その結果、純子は一枚のレントゲン写真を撮らされ、母と二人ですごすごと帰ってきた。

七月に入っても純子の微熱は下がらず、父は心配して、もう一人の知人で呼吸器専門のN医師を紹介してもらい、純子は、やがてマッカーサーの総司令部となる第一生命ビルに、こんどは母がついていくというのを断わって一人で出かけた。

渋谷駅まで、帝都線(現在の井の頭線)で行き、そこから日比谷公園行きの都電にのったが、行く途中でさまざまな光景に出合うことになった。

何本かの黒く焼けおちて、街路地に倒れている電柱に、表面ははがれてむき出しになった裸電線が、これにちょっとでもさわろうものなら、一遍に感電死してしまう状態のまま、放置されていた。

焼け野原になった街道を、戦闘帽に防空ずきん、モンペや巻脚絆の姿で、その上に子供をおんぶして、リヤカー一杯の家財道具を縄でしばって持ちあるく何群かの罹災者の群れに出会った。

かと思うと、各壕の入り口に、一輪の花を配ってあるいている女子学生の姿も見られた。

赤坂見附の近くにあった憲兵隊の本部には、左翼の人らしい中折帽をかぶり外套をまとったまま手錠をかけられ、二人の憲兵隊に護られながら、中央の入り口に入っていく姿もみられた。

その日の新聞には、「あくまで聖戦を遂行」と太く書いた勇ましい見出しが見られたが、その右側の隅に、中学生からの投書で、昼間、丸の内の某会館に動員させられ、ある料亭で「白鶴」という酒の入った瓶を運搬させる仕事を仰せつかったので、作業の現場監督に、「これは何につかうのか」と聞いたところ、宴会につかうのだという答が返ってきたので、「馬鹿野郎!」と、どなりたくなったと書いていた投書が目にとまった。

いずれにしても、終戦が間近にせまっているという気配が、何となく感じられた。

この頃、日本政府は、ソ連を通じて、何とかわが国の立場を有利に導くという、無謀きわまりない「和平」の交渉に躍起となっていたのであった。

その時、純子は、耳にどこからともなく聞きおぼえのある歌が、段々大きくなって聞こえてくるのに気がついた。

一、うさぎ追いし　かの山、小ぶな釣りし　かの川、夢は今もめぐりて、忘れがたきふるさと

二、いかにいます　ちちはは（父母）、つつがなしや　友がき、雨に風に　つけても、
思い出ずる　ふるさと
三、こころざしを　果たして、いつの日にか帰らん、山は青き　ふるさと、水は清き
ふるさと

ふるさと（故郷）　高野辰之作詞　岡野貞一作曲

注1　岡野董子「太平洋戦争下の学生生活」平凡社ライブラリー　平成十二年　四二〇～二一頁
注2　同右　四二四～五五頁
注3　赤沢史朗、北河賢三、由井正臣編集解説「大東亜戦争下の国民生活」資料　日本現代史13　大月書店　昭和六十年　二〇五～六頁
注4　今井清一編「本日空襲と八月十五日」ドキュメント昭和史5　平凡社　昭和五十八年　一三六～四〇頁
注5　軍事史学会編　大本営陸軍部戦争指導班「機密戦争日誌下」錦正社　平成十年　六六九頁
注6　中村正吾「永田町一番地」ニュース社　昭和二十一年　一六九～七〇頁
注7　東京空襲を記録する会編「東京大空襲戦災誌」第3巻　軍・政府（日本）公式記録集　3月10日篇
昭和五十年　講談社　二〇九～一〇頁
注8　「宇垣一成日記」3　昭和二十年　みすず書房　昭和四十六年　一六二七頁

注9　「大東亜戦争下の国民生活」　同右　資料日本現代史　二〇六頁
注10　「東京大空襲戦災誌」　第5巻　前掲書　5月25日篇　三〇七～一六頁
注11　東郷茂徳「時代の一面」改造社　昭和二十七年　三一六～一九頁
注12　今井清一編「本土空襲と八月十五日」ドキュメント昭和史5　平凡社　二四六～七頁および藤原彰・粟屋憲太郎・吉田裕編　最近資料をもとに徹底検証する「昭和20年　一九四五年」小学館　平成七年　二一二～四頁

あとがき

「のど元すぎれば、熱さわすれる」という諺がある。

これは昔苦しかったことも、過ぎてしまえばあとは忘れてしまう、ということを意味している。

今の日本の国内は、まさにこの状態を露呈しているのではないだろうか。

あの昭和のはじめに端を発し、あれだけの大きな戦争をおこし、国の内外に多大の犠牲者を出した日中、および太平洋戦争の時の苦しさは、時代の入れかわりによって忘れかけようとしている。

そしてあの時の苦しさを十分に訴えることなく、国民は戦災の復興と国家の再建に精一杯で、一旦米国との講和条約が結ばれると、あの時の過去を十分に反省しないまま今日に至り、国民の知らないうちに旧保守勢力の温存による防衛秘密保護法、有事立法の懸案化、そしてあの暗い戦争の時に唱わされた「君が代」斉唱の強制的義務づけ、国旗の掲揚、政府の公人としての靖国神社の参拝、さらに「新しい歴史教科書をつくる会」がつくった歴史教科書の検定合格などで、日本の歴史問題に対する取り組み方の不備を指摘する声が内外で広がりつつある。

何故このような事態がくり返しおこるのだろうか。それは、日本の政府指導者をはじめ、国民のあの戦争に対する反省が、相手に十分に伝えられないまま、現在に至ってしまっているからである。

あの破天荒の戦争をあえて遂行し、かつ無謀で泥沼化した闘いを、国民に強い、国内では三百十万以上、国外では二千万以上の死者を出したことに対する単なる言葉の上での謝罪や金銭上の補償、あるいは経済的な援助では済まされない禍根を、私たちは今なお背負っているといっても過言ではない。

相手に自分の頬をなぐられ、「あの時は済みませんでした」といって相手が謝るのとは、性質を異にする、国家的な大問題、そして国民自身の問題として国内において問い質し、政府の代表者をはじめ、国民が自ら反省しなければならない根本的な問題の解決に、今なおお立たされているといってよい。

ではどうすればよいのか。私が考えるには、今からでも遅くはない。国民がもっと真剣になって今回の日中、太平洋戦争についてなお活発に論議し、反省し、この問題を国外からふたたび非難をあびることのないように、この問題に終止符をうつことである。いまだ当時の未公開の資料、未開拓の分野が無数にうずもれて放置されており、また当時の状況について黙して語らずに死んで行かれた人々も沢山おられるわけである。

これらの諸事実を国民の前に開陳し、国民の間で論議し、国の内外の人々に十分なる納得を求めることである。

現在、私が今もって慚愧《ざんき》にたえないのは、あの戦争当時から旧態依然として存続している自民党の保守政府の態度であり、戦争当時無知蒙昧《もうまい》だった国民に対して、あの理不尽に行なった戦争に対して、国民に納得が行く形で謝罪をしなかったことである。そしてまた、アジアの近隣諸国にたいして侵略を行なったことに対して、正式な文書による反省文を出さなかったことである。

そしてわが国が勝つためには、いかなる手段も方策もかえりみず、一般の将兵や無辜《むこ》の国民をかり立てて暴虐の限りをつくしたこと、その〝罪〟や〝恥〟の意識が、国民の全体に根づかなかったことが、今回の戦争を忘れさせ、そして当時の戦争を正当化させ、アジアの近隣諸国からの非難と訂正を強いられるような醜態をつくり出してしまっているのである。

これでは日本は、世界の信用を失うばかりか、日本の道義的責任と国際的な尊敬をあつめる国にはなれない。

国民の各自は、これらの問いに対し、明白な解答を今こそ用意すべき時なのである。この戦争に対する問いかけに、国民の一人一人の主体性が今もって根づかず、国民の「付和雷同性」「長いものには巻かれろ」式の〝集団の論理〟が、今なおまかり通っている現実を見る時、筆者はこの国の前途に暗澹たるものを覚える。

あの日中戦争を早期に解決し、日米戦争を回避し、あるいはもっと早い時期に講和を結び、原爆の投下や、ソ連の参戦のような、よけいな惨禍をこうむる前に、なお多くの選択肢がのこされていたと、筆者は未だにつよく思っている。

当時の戦争指導者は、なるがままにまかせて事態を放置し、まったくの怠慢そのものであったのであり、そして最大の危機が訪れた時は手遅れであったのである。

クラウゼヴィッツの「戦争論」のさいごに、「戦争は政治にはじまり、政治に終わる」という文句がでてくるが、ここでのべられていることが、今回の第二次世界大戦において、嫌というほど示してくれた例を、他にみないといっても差しつかえない。

ヒトラーの狂信的な戦争熱と、日本の軍部(とくに陸軍)のナチスへの傾倒、米英ソの三大強国に存した首脳のかけ引きの中で今回の戦争は遂行・拡大し、わが国の外交は、この三大強国に立ち向かうだけの人材が不足し、とくに日米開戦時と終戦時に外相をつとめた東郷茂徳の誤断（第一次大戦後のドイツの惨状をつぶさに観察し、その後三年間もワシントンの日本大使館に勤務して米国の膨大な工業生産力を熟知していながら開戦時の勝算の誤認と、早期講和を考えこれを実行しなかったこと、終戦時にソ連を頼みにして何とか有利な和平をさぐり出そうとしたことなど枚挙にいとまがない）は、同氏を八つざきにしても足りないくらいの大罪を冒しているのであり、これは二十世紀の日本の外交史上の汚点として永久に記録されるであろう。

本書は、このような外交のかけ引きの中で戦争をつづける中、その成り行きをつぶさに観察し、心配していた元陸軍大臣と大学教授の家庭を背景として、戦前の日本が、昭和十五年を旋回点として、日米戦争に向かい、短期の緒戦の勝利のあと、戦況が急激に悪化していく過程を、小説の形で再現し、とくに多感な青春期にあった二女性を主人公としたものだったが、共に時代の風潮にしたがって生きた物語である。

とくに、現在よりはるかに少なかった当時の高等教育をうけた知識階級（本小説は、東京都下のある女学校を舞台としたものだが）、あの日米戦争を批判し、反省するものは相当にあったこと、しかしかれらの力とて、あの強大な軍部や国家権力の下ではどうすることもできず、ただ時代に迎合して生きて行くしか道が開かれていなかったことである。

本書は、当時の内地の戦時下の生活の状況、とくに山の手にすんだ典型的な二家庭を中心に、著者のささやかな体験を折りまぜながらのべたにすぎないが、当時の状況を知るのに、一人でも多くの読者層の方々が目を開かれ、現在世界は国際的なテロリズムの波に巻き込まれ、再び大戦争が起ころうとしているさ中において、今日本がとるべき立場、方向づけをはっきりと定める時に来ていることを知る上において、本書が少しでも心の拠り所となり、精神の浄化が行なわれることを願ってやまない次第である。

最後になったが、この拙稿に対して元就《げんしゅう》出版社社長の浜正史氏が格別の関心を寄せられ、現在の出版事情がきわめて悪いさ中において、出版にふみ切って下さったその英断と御厚意に対して厚く御礼を申し上げたいと思う。

平成十三年九月

著者識す

失われた時代《とき》を求めて

二〇〇一年十一月一二日 第一刷

著者 入谷敏男

発行人 浜正史
発行所 元就《げんしゅう》出版社
〒171-0022 東京都豊島区南池袋四―二〇―九
サンロードビル三〇一
電話 〇三―三九八六―七七三六
FAX 〇三―三九八七―二五八〇
振替 〇〇一二〇―三―三一〇七八
印刷 東洋経済印刷

ISBN4-906631-72-X C0093